Dominique Rolin

Deux femmes un soir

Gallimard

Dominique Rolin est née à Bruxelles. Son premier roman, *Les marais*, lancé par Jean Cocteau et Max Jacob, paraît en 1942. Elle reçoit le prix Femina en 1952 pour *Le souffle*. Elle est élue en 1988 à l'Académie royale de Belgique, où elle succède à Marguerite Yourcenar en qualité de membre étranger.

1

Shadow décroche

Téléphone. Je me précipite, je ne supporte pas l'insistance rythmée des appels.

« Allô.

— Ça va ?

— Qui est à l'appareil ?

— Ça va ?

— Qui est à l'appareil ?

— Tu ne reconnais pas ma voix ? » (Son agacement voilé.) Bien sûr que si. Nous avons l'habitude de jouer la comédie du malentendu, ma mère et moi : c'est un principe. Constance A. essaie toujours de me persuader qu'il n'y a pas d'autre voix au monde que la sienne. Dire « C'est maman » lui serait intolérable. Il est exclu que je réponde « Bonjour, maman ». Le mot *maman* nous est interdit, d'où le ton de neutralité prudente, à peine désinvolte, de notre communication en ce jeudi matin du 4 mai, jour de l'Ascension.

« On dîne comme prévu à l'Espérance ?

— Naturellement.

— Tu passes me prendre en bas de chez moi à dix-neuf heures ?

— Pile.

— Je retiens la table.

— Parfait.

— À ce soir, Shadow. »

Je ne me suis jamais résignée à ce prénom ridicule. Lyrique imposture de langage imposée par un homme et une femme qui se voulaient originaux. Ils se sont rencontrés par hasard à Bruxelles en 1944 dans la foule en délire de la Libération. Coup de foudre entre le soldat anglais Ralph Memory et Constance A. qui se sont fixés ensuite à Paris. Pas de mariage. Deux enfants : moi en 1945 et John en 1947. John qui s'est donné la mort l'an dernier. « Se donner la mort » est un cliché suspect, comme si l'on s'offrait à soi-même un somptueux cadeau. Tout suicide est un acte d'autoprodigalité scandaleux, une marque de mépris. Halte. Évitons de rouvrir la plaie. Elle saigne encore.

Je suis donc Shadow Memory. Quand j'étais petite, on se fichait de moi à l'école, « Hé, ma vieille, tu n'as rien d'une ombre, tu es un poteau », disait-on. Les humiliations de l'enfance sont inoubliables. Je me suis levée tôt comme toujours. Pendant que je secouais mes draps par la fenêtre au cinquième étage, le sommeil minéral de la rue m'a spécialement frappée : les immeubles et les trottoirs givrés encore d'un reste de nuit, les pies ricanant dans les marronniers de l'avenue proche semblaient pris dans un filet géant qui n'avait rien de religieux, au contraire. La ville entière y reposait à fleur d'espace avec la nonchalance d'une courtisane disqualifiée : n'ayant plus rien à perdre elle se borne à maintenir ses organes vitaux (murs, toits, cheminées, antennes) dans une fixité repue à peine flottante, singulièrement accordée au fil brisé de mon imagerie mentale. En réalité je suis incapable de penser, ce qui s'appelle « penser ». Tel est mon défaut majeur. Telle est mon intouchable supériorité.

Souvenir en biseau : Justin K. le Hollandais dont j'ai partagé la vie pendant dix ans — c'est interminable et c'est très court — se moquait de mon inaptitude à mener une réflexion logique. Il essayait en vain de corriger mes dérives. Sa patience était sans bornes pour des raisons simples : nous avions le même âge, nous avions poursuivi nos études dans le même lycée, il adorait John qui l'adorait également. L'intimité de notre trio a duré jusqu'au moment où mon frère s'est marié en catastrophe alors qu'il n'avait que vingt ans : il jugeait correct d'épouser Aria, une asperge suédoise qu'il avait engrossée deux fois coup sur coup et c'était sa façon de s'arracher à l'adolescence pour devenir vraiment un homme à part entière, le pauvre petit. Justin et moi étions atterrés, malheureux, indignés, il n'en a pas fallu davantage pour que nous tombions amoureux l'un de l'autre. Enfin, pardon, nous avons cru qu'il s'agissait d'amour. En fait, nous cherchions à nous venger du traître. Nous nous sommes installés ici presque aussitôt. Au début, nous étions si jeunes que nous nous sommes sentis joyeux de nous endormir ensemble chaque soir. Le chaud du lit nous aidait à rêver nos avenirs : j'avais l'ambition d'écrire des romans, Justin voulait être peintre et marin. L'enthousiaste uniformité de nos projets s'est maintenue avec naturel de 1967 à 1977, sans heurts. Ce qui n'a pas manqué de faire germer petit à petit dans nos inconscients, par traits aussi subtils que négligeables, une douce fatigue. Constat étrange : même fortement uni un couple de moyen format est incapable de se dévoiler à l'autre au moyen de la parole, domaine interdit. Mélancolique axiome que j'ai pu vérifier quand Justin K. m'a quittée sec sans m'avertir. Un certain soir d'octobre de cette année-là, à l'issue d'un dîner gentil tout à fait semblable à n'importe quel autre dîner, il a soudain manifesté le désir de faire un tour en ville tout seul, ce qui m'a paru normal, et je me suis couchée en attendant son retour. Mais voilà, il n'y a pas eu de retour. À l'aube, malade d'angoisse, j'ai découvert que ses affaires personnelles, vêtements, livres, etc., avaient disparu. Il avait donc préparé son coup à mon insu, imbécile que j'étais je ne m'étais aperçue de rien, plus la moindre trace de cet homme à l'exception d'une paire de lunettes à monture d'acier qu'il avait oubliées, imbécile qu'il était, dans le tiroir de sa table de nuit. Où je les ai laissées d'ailleurs. De temps en temps je les sors de leur boîtier-tombeau nostalgique pour les examiner comme si hors de l'objet modeste, poussiéreux, éteint, sortirait un jour une explication concrète de l'événement.

Événement dépassé depuis des siècles et qui ne me touche plus. Je me demande simplement pourquoi le fantôme de Justin se promène ici après douze ans de disparition : il ne s'est pas logé sous mon front mais à la pointe de mes yeux, à l'entrée de mes oreilles, de ma bouche et surtout de mon nez, celui-ci testant soudain le tracé d'une odeur ancienne : le nez, le nez, le nez est l'unique roi de nos mémoires : il est l'amour, le regret, l'union, la solitude, il est tout. J'ai respiré à fond et j'ai failli crier « Tu es là, Justin ? » comme si ma porte d'entrée grinçait sur son passage. Tout en remettant de l'ordre dans les pièces, je me suis surprise à fredonner une rengaine idiote qu'on nous serinait à l'école : « Partir, c'est mourir un peu — C'est mourir à ce qu'on aime — on laisse un peu de soi-même — En toute heure et dans tout lieu — Et l'on part et C'est un jeu-eu — Et jusqu'à l'adieu suprê-êême — C'est son âme que l'on sème — Que l'on sè-ème à chaque adieu-eu. » On chantait ça en chœur avec des simagrées de clown avant que le fou rire ne nous plie en deux. Justin avait peut-être raison de critiquer mes vagabondages de pensée, non pas ceux du souvenir. Ma mémoire et moi sommes deux individus distincts, respectables pour leur autorité égocentrique. Nous nous battons à mort parce que nous voulons chacune sauver sa rétine d'âme. Dès que nous suspendons les hostilités, je lui passe mon imaginaire et elle me passe le sien par le biais d'instantanés qui n'ont rien de commun avec l'organe *œil* : ce serait vulgaire. Non, il s'agit d'accepter un système de physiologie clandestine mutuelle : nous enregistrons tout à l'insu de nos volontés chétives. Génial dans un sens, puisque nous sommes indignes de collaborer en direct. Inexplicable aussi dans ses profondeurs aveugles, bien qu'aiguës et musclées. Bref, nous subissons ensemble les coups que nous inflige un passé dont nous ne songeons plus à nous défendre.

L'après-midi risquant de s'enfler d'une sorte de détresse assez confortable en somme, j'ai prolongé ma sieste avant de feuilleter le journal, excellent exercice d'assouplissement : « Foot : Auxerre gâche la fête à Bordeaux — Arafat : deux pas en avant vers la paix, et après ? — Les assureurs escroqués de neuf milliards — Les Bee Gees annoncent la fête du samedi soir — Le père qui avait tué son bébé par amour est acquitté — Météo : un week-end estival — Télévision : L'ombre d'un scandale, Le battant, Signé Charlotte, Les quatre mercenaires d'El Paso, Y a pas le feu, Miami Golem. » On ne savoure jamais assez le baroquisme exaltant de l'actualité dont nous sommes les otages plus ou moins volontaires. Brusque illumination : chaque existence (qu'elle soit aventureuse ou repliée, plantureuse ou misérable) est marquée par un poinçon de grossièreté somptueuse que rien n'annonce : le choc a lieu, ramassant des énergies jusqu'alors éparses et fluettes. De force on est plongé dans l'inédit, on s'y conforme, on cesse de douter, on ignore si la vague sera celle d'un bonheur inouï ou d'un mal inouï, peu importe.

J'ai dû reprendre souffle comme si j'avais trop couru.

Mon intérieur me plaît parce que j'y vis seule : dormir, manger, travailler, faire l'amour avec un bonhomme de passage, ce qui ne tire pas à conséquence. Justin K. n'a jamais été remplacé ici. J'ai longtemps cru qu'il reviendrait un jour sans crier gare. Cet espoir sans fondement (il ne m'a plus jamais fait signe) me tient encore lieu de passion, une passion qui pâlit du reste parce que je n'en ai plus besoin. L'unique image nette que j'ai gardée de mon peintre-marin est liée au soir de sa fuite : appuyé au chambranle de la porte d'entrée dont il tourne la poignée, il dit avec sa gentillesse ordinaire « Couche-toi déjà, tu as besoin de sommeil ». Il se passe les doigts dans ses cheveux blonds en désordre, il est plus ample que dans sa réalité ancienne. Je lui ai obéi : jamais depuis lors je ne me suis vraiment réveillée.

La vie est parfaite dans sa mécanique horlogère : je me borne à la gagner matériellement. D'un côté je traduis les bulles de bandes dessinées américaines que publie *Le journal des jeux de hasard* dont mon père était rédacteur en chef avant sa retraite ; de l'autre je rédige des textes pour un éditeur arménien fixé à Tours. Ce vieillard un peu tordu entreprend un dictionnaire de sémiologie aberrant, ce dont je me fiche parce qu'il paie bien. Il m'a réclamé de toute urgence trois feuillets sur le mot *adventice* dont Littré dit : « 1) Terme didactique. Qui survient de dehors. Idées adventices, par opposition à idées innées. 2) En termes de médecine, maladie adventice, maladie qui ne tient pas à la constitution. 3) En botanique, plante adventice, plante qui n'a pas été semée. » L'enchaînement lascif et mou de ces trois syllabes m'intéresse. Il me semble que je suis une femme adventice modèle, ce que Littré n'aurait pu prévoir.

À mesure que je traînais sur mon article

autant pour embêter l'Arménien que par exigence professionnelle, je sentais se rallumer dans ma tête un feu insolite et doux bien que désespéré : il prend dès que je songe au roman commencé à l'époque de notre trio, quand Justin K. n'était encore que le meilleur ami de mon frère. Je leur annonçais en tapant du poing sur la table que le livre s'intitulerait *La musulmane aux yeux bleus*. Ils haussaient les épaules avec incrédulité, ce titre leur semblait ridicule, ils voulaient en lire le début, ce que je refusais, déclarant avec aplomb : *Le plan est fait, il n'y a plus qu'à l'écrire.* Les garçons qui se tordaient de rire ont fait de la phrase un slogan répétitif, comme s'ils avaient eu affaire à une handicapée mentale. Je tremblais d'indignation.

Vingt-cinq ans se sont envolés depuis. Justin et John m'ont quittée chacun à sa manière. Notre jeune *Le plan est fait, il n'y a plus qu'à l'écrire*, de plus en plus vivant, virulent et vain, poursuit en moi sa terrible petite musique. Elle m'obsède ce soir en particulier et m'emplit d'intuitions désordonnées qu'il s'agirait de réduire en mots. Intuitions qui longent et rongent mes nerfs, il ne tient qu'à moi de les écraser comme des poux sur une feuille de papier. J'ai mal. Aide-moi, mon Dieu ! Mais Dieu se fiche d'un tel problème qu'il refuse de cautionner. Entre nous, il n'a pas tort. Moi seule suis apte à fournir les secours d'urgence.

« M'entends-tu ? » dis-je à mon moi. Pas de réponse. Normal.

Le dîner avec ma mère va m'arracher à un « dedans » peut-être fécond pour m'ensevelir dans un « dehors » exaspérant. Constance A. n'a rien à me dire. Je n'ai rien à dire à Constance A. Pas de doute, elle sait cela car elle est la finesse même. Pourtant notre avant-goût d'une éventuelle perception d'entente (c'est-à-dire un prudent espoir) nous a conduites au rituel immuable d'un dîner au restaurant deux fois par mois.

Immuable, oui, quel ennui ! Ayons l'honnêteté d'ajouter qu'il est également agréable, dis-je entre haut et bas en sortant de mon bain brûlant. Je m'adresse à mon reflet dans le miroir du lavabo après en avoir essuyé la vapeur. « Tu n'es pas mal roulée, Shadow Memory, j'apprécie la nonchalance à peine étudiée de tes gestes pendant que tu enfiles le peignoir éponge, pourtant tu n'existes vraiment qu'à travers tes yeux gris brumeux étoilés. » Ensemble nous nous approuvons de la tête. Comme tous ceux qui vivent seuls, je me dédouble pour avoir une interlocutrice sûre et fidèle. Nous nous posons des questions, nous nous répondons. Nous nous touchons presque. Nous nous éloignons. Nos silences sont autant de signes de gentillesse à l'égard de l'autre. De notre collaboration émane une atmosphère de bien-être. Tandis que l'image et moi parachevons notre toilette nous échangeons des regards satisfaits, bravo pour notre chemisier de soie et notre ample jupe de velours marron, tu sens bon, je sens bon. Je ne déploierais pas autant d'efforts de coquetterie s'il me fallait séduire le plus excitant des hommes, et je m'entends articuler : « Constance A., je t'attire, n'est-ce pas, ose prétendre le contraire, oh comme tu me plais, sois mon amant ! »

Des larmes de rire nous montent aux yeux, nous rougissons. Ou plutôt : je rougis. La crise de gaieté d'une femme seule est obscène. Il m'arrive d'observer dans la rue des rieurs solitaires dont l'incongruité fait mal : on les sent humiliés, éperdus, et même torturés comme si quelqu'un d'invisible les forçait à faire en public l'apprentissage du vice. Je suis tentée de les interroger : « Qu'est-ce qui vous empêche de montrer vos petits plaisirs ? » Je devrais. D'abord ils seraient un peu surpris par mon audace mais très vite ils se détendraient en posant la tête contre mon épaule et m'avoueraient le trop-plein de leurs jouissances cachées. Libérés des ignominies de la pudeur, ils m'aimeraient. Le drame de la non-communication serait annulé.

2

Constance enchaîne

Chaque tête-à-tête avec Shadow ébranle mes nerfs, elle ne s'en rend pas compte, évidemment. Je me garde bien de résister à la secousse, élément positif inévitable dans l'histoire de nos rapports de famille — et Dieu sait si je m'évertue à les réduire au maximum. Ralph Memory, qui se trouve par hasard être le père de ma fille, me suffit sur le plan des sentiments : la rudesse tendre et bornée de cet Anglais pur sang me comble depuis près d'un demi-siècle, ha ha, difficile à croire. Il est mon centre vital. Alors je me demande pourquoi je m'habille ce soir plus élégamment encore que d'habitude. On dirait que je me prépare à retrouver tout à l'heure un amoureux transi. Et que je suis prête à céder à son envie de moi. Le fruit est mûr. « Shadow Memory mon enfant, dis-le-moi, dis-le-moi, est-ce que tu me veux ? Eh bien, d'accord, tu n'as pas attendu en vain, aujourd'hui je consens à t'appartenir… »

Ralph somnole au salon, tassé dans son fauteuil de cuir capitonné qui l'enveloppe d'une seconde peau. Son journal a glissé sur la moquette, il croit encore le tenir. Respiration lente, profonde, à peine engorgée. Normal à son âge. Il sent bon l'eau de Cologne. Je supporterais mal qu'il ne sente rien du tout. Du corps d'un homme doit monter un complexe d'odeurs, vif et diversifié, plaisant au nez de la femme qu'il aime. C'est une loi. Sacrée, j'imagine. Nous nous aimons, le fait est indiscutable bien que mystérieux. Comment définir l'amour ? au moyen de quelle calculatrice archisophistiquée ? Il n'en existe pas. Donc le problème reste insoluble.

Ma bouche effleure son front et je murmure : « Ton repas est prêt à la cuisine, pâté de lièvre, rosbif, vin rosé, camembert, tarte aux pommes, pourquoi ronfles-tu comme ça ? » Son battement de paupières prouve qu'il fait semblant de dormir, c'est sa manière de montrer qu'il est mécontent d'être abandonné durant la soirée. Je lui secoue l'épaule pour l'arracher à son pseudo-sommeil. Raté. Le tricheur réagit à la provocation active de sa petite femme par une provocation passive, oh mon salaud, mon chéri ! Est-ce qu'il pense à moi ? à Shadow ? à notre suicidé ? La nature est mal faite. Les paupières devraient révéler par transparence le fond des âmes nettoyé jusqu'à la moelle. Plus d'hypocrisie, on jouerait cartes sur table si j'ose dire, on saurait pourquoi on adore ou déteste. L'univers serait un paradis de sauvage éloquence préservé des ambiguïtés de l'interprétation. Radiotélépathie en direct !

Dors, mon Ralph, promis, je rentrerai tôt.

« Pillow, est-ce que je t'emmène avec moi, mon trésor ? » dis-je à la chienne couchée en rond sur le canapé.

Elle bondit en secouant son pelage de soie dorée, elle trépigne, jappe et se contorsionne d'impatience, ses yeux sont des charbons ardents sous le rideau des poils que je lui noue en bouquet au sommet du crâne avec un ruban rose.

« Suffit, Shadow, bas les pattes ! »

Oui, j'ai bien fait le lapsus : Shadow au lieu de Pillow, ça m'arrive assez souvent et m'emplit d'une honte savoureuse, pourquoi ? Une telle erreur doit avoir un sens caché. Les joues en feu, je lui mets son paletot à carreaux écossais et le harnais de cuir grenat.

« Nous allons prom-prom, n'aboie pas comme ça, ta petite maman aura des ennuis avec les voisins. »

Les animaux comprennent les choses au quart de tour, les humains devraient accorder plus d'attention à leur langage qui nous en apprendrait long sur les énigmes de l'existence. Pillow, Pillow, tu es mon second centre vital, allons-y…

La glace de l'ascenseur permet de se voir en

pied. Bravo. Je suis bien coiffée, ma nouvelle teinture de cheveux d'un roux plus sombre me chauffe le teint. Bravo. Mes sourcils noirs bien dessinés servent d'axe à mon visage, sans quoi je ne paraîtrais pas aussi jeune. Bravo, bravo. J'ai eu raison de choisir ce chirurgien réputé. Hors de prix. C'est son merveilleux feeling de la psychologie des femmes qui coûte la peau des fesses, mais ça vaut le coup : je n'ai pas hésité une seconde pour signer le devis qu'il me glissait sous le nez avec une bassesse désinvolte allurée, ha-ha, forçant l'admiration.

Le vent est doux pour la saison, on se croirait arrosé par de fins ruisseaux qui ne mouillent pas mais rafraîchissent, la vie est bonne. J'aime la bonté de la vie. La vie aime être aimée. Shadow m'attend déjà, postée au bord du trottoir d'en face. Elle me rejoint sans hâte, elle semble flotter plutôt que marcher. Ses yeux glissés de côté fixent un point d'espace dont je suis absente. Le baiser que nous échangeons consiste à poser nos joues un dixième de seconde contre celles de l'autre alors que nos lèvres pincées, smak, se bornent à toucher l'air. Ma peau est plus jolie que la sienne. Dieu qu'elle est pâle, un peu bouffie, avec un bouton d'acné sur le menton, elle n'a jamais su s'alimenter malgré mes conseils, prodigués dès sa naissance, « Vas-y, mon bébé, bois, bois le bon lolo de ta petite maman, encore, encore, pour devenir belle et forte». Que dis-je dès sa naissance ! Déjà pendant ma grossesse je lui parlais en caressant mes seins qu'admirait tant le docteur Machin. «Jamais vu de poitrine aussi superbe», déclarait-il en joignant ses grosses mains poilues. Et je répondais : « Ma fille sucera le lait le plus riche du monde aussi longtemps que nécessaire», tout en racontant l'héroïsme de ma propre mère, Adeline A., pendant la guerre 14-18 : elle avait allaité mon frère Guillaume jusqu'à l'âge de deux ans et demi, il lui mordait les mamelles au sang, elle souffrait d'abcès. Ça n'a pas servi à grand-chose, le petit est mort du croup en 1921. Buste vidé irrécupérable, tel est notre sort à nous, les femmes. Pour ma part, j'ai sevré Shadow à huit mois. Aussi ai-je su garder une paire de seins impressionnants : le regard des hommes me l'a toujours confirmé.

Sauf depuis un certain temps.

J'attire moins, sinon plus du tout.

Fatalité de la vieillesse. Bizarrerie de la vieillesse. On n'en veut pas, pourtant elle vous tombe dessus tôt ou tard avec la sournoiserie d'un tourbillonnant parasite, rien ne l'arrête.

Shadow a repoussé Pillow dont elle ne supporte pas les frétillements affectueux, pauvre petite bête. Tandis que nous longeons le boulevard d'à côté, une fois de plus j'essaie d'expliquer à ma fille ce qu'il y a de miraculeux dans l'amour d'un animal, etc., mais elle a pris déjà son air d'indifférence excédée. En fait ça l'agace d'être avec moi. Sait-elle que je suis également agacée de me retrouver près d'elle ? Rien de grave. Notre trouble commun n'est que physique. Il suffit de mettre en place deux systèmes d'échange. Au-dessus se débite un flux de paroles neutres, tu as bien dormi ? oui, et toi ? papa va bien ? oui, ton travail avance ? oui-oui, et gnagna et gnagna, c'est sans doute un peu monotone mais fort doux et, somme toute, assez rassurant puisque ça permet d'avancer gentiment. En dessous, au contraire, circulent parallèlement l'envers et le gros de nous-mêmes, le profond, l'inexprimable chuchotis sans issue tournant à l'intérieur de nos têtes.

Shadow en a-t-elle conscience ? Peu importe.

D'un commun accord (un début d'entente ?) nous nous arrêtons devant la vitrine du magasin de chaussures orthopédiques que nous connaissons par cœur : on n'y modifie jamais l'ordonnance des présentoirs poussiéreux, on ne voit jamais entrer ou sortir le moindre client de cette maison exposant les moulages de pieds difformes : orteils soudés, chevilles tordues, voûtes plantaires affaissées, péronés, tibias et fémurs dans leur prothèse de métal ou de cuir. Fascinant. Je soigne les ongles de ma chienne avec des raffinements de manucure, je les lime et les laque aux couleurs de ma toilette du jour. Fuchsia, par exemple, ce soir. Avant de sortir elle a eu son shampooing aux œufs et je l'ai séchée avec mon Babyliss, pas un animal de sa race qui la vaille, déjà deux prix de beauté à son palmarès, peut-être un troisième en septembre prochain, grâce à son pedigree sensationnel elle part gagnante.

Shadow est fascinée aussi par cette vitrine. Je me sens bien. J'imagine qu'elle se sent bien. Le spectacle des abominations de la nature fait se rapprocher les gens, c'est irrésistible. Cela peut même susciter le désir d'un frisson communautaire délicieux, muet et pétrifié. Merci, mon Dieu, pour tes incohérences en matière de création humaine : il y a les beaux et les vilains, les cagneux et les torses, les estropiés, les débiles. Sais-tu pourquoi j'ai la foi, Dieu ? parce que tu as fait de nous, les Memory, des mannequins privilégiés.

Le restaurant de l'Espérance est à dix minutes d'ici. La marche nous maintient en forme. Et puis Shadow et moi cédons au tropisme des habitudes dont nous n'ignorons pas les bienfaits puisqu'elles sont la racine même des surprises. Ce soir de fête, par exemple, nous convie à bondir ensemble d'une manière insolite. Vers où ? vers quoi ? pour quoi ? on n'a pas besoin de savoir. Je plains Ralph qui se comporte en madrépore essoufflé, sauf quand il va dîner seul avec sa fille : je suppose qu'il retrouve alors sa souple énergie d'autrefois et je ne lui en ferais pas le reproche, bien entendu. Je constate simplement que ces deux-là sont liés par un secret d'entente dont je ne connais pas le fin mot. Si je m'en informais, ils rivaliseraient de silences. Oh rien à voir avec un silence à la Cousteau, ce scaphandrier des profondeurs océaniques! mais un mutisme opaque, lequel est en fait le comble du bruit. D'où vient que Ralph qui n'est pas mon époux et Shadow qui m'est sortie d'entre les jambes il y a quarante-cinq ans composent le huis clos de mon intimité bien que je ne sache rien de ce qui les ronge ou les épanouit? On dirait deux jumeaux. Ils ont de moins en moins besoin de moi. D'ailleurs, hum, j'ai de moins en moins besoin d'eux. Ils ont de la chance de m'avoir, moi discrète et fière, attirante et passionnée, encore préservée des morsures du temps. Maman répétait (je me souviens de la phrase) « qu'il fallait tout faire pour conserver la juvénile intégrité de son corps ». À l'époque où je suis devenue jeune fille, sa déclaration me semblait grotesque, plus tard j'ai reconnu qu'elle avait raison.

Au-dessus, j'entends mon moi demander :
« Tu n'as pas froid, Pillow?
— Shadow, pas Pillow. »

Et voilà ma fille ravalant son joli rire de velours incolore.

Cela m'émeut du côté de ce qui se trame en

dessous, là où rien ne peut ni ne doit s'avouer. Soudain je me sens riche : je file à la vitesse de mille années-lumière en direction d'un continent inexploré qui m'appartient. Son approche me fait trembler d'excitation. Je me contrôle pour éviter que Shadow devine. Il est hors de question qu'elle vienne chasser sur mes terres. Elle a sa place, je garde la mienne. Méfiance, méfiance ! Elle a beau être réservée d'aspect, elle brûle de curiosité : ses yeux gris pointillés de vert ont toujours l'air « de n'y pas voir », vieux stratagème, assez retors pour donner le change sur le véritable écho d'une pensée. Si toutefois se dissimulent des bouts de pensée sous un front aussi lisse.

Nous descendons la marche du trottoir, dix centimètres de dénivellation qui nous précipitent au fond d'un gouffre inconnu. Indispensable d'y rester énergiques ensemble. Erreur d'avoir affirmé à l'instant « la mère à sa place, la fille à sa place ». Ce soir-ci est marqué d'un poinçon spécial inédit. On ignore s'il va nous blesser ou nous caresser, la menace est à la fois douloureuse et jubilatoire. Nous désirons. Nous redoutons. D'avance nous sommes prises au piège. Pour la première fois je dis *nous*. Mon *je* et son *elle* s'engagent dans la voie d'un *nous* peu commun, sympathique, détaché. Le signe est d'une telle évidence que nous nous rapprochons l'une de l'autre sans nous toucher. Prudence d'elle, prudence de moi. En cas de nécessité, chacune aurait le recours d'être pour sa voisine une bouée de sauvetage.

Le restaurant de l'Espérance a beaucoup de charme, sis en retrait d'une place dont les marronniers épais et fleuris arrosent le sol de fines dentelles d'ombre, c'est frais, c'est doux, on se croirait presque en province, et le kiosque à journaux brillamment éclairé crée de l'animation en attirant les rôdeurs d'actualité, Farah Diba chez Fred, Quarté à Longchamp seize partants, Don Johnson flic supercrado, Angie Dickinson, Alain Delon, Rambo 2, Attentat démasqué au Pakistan, Bienfaiteurs du Sida, Forêt Amazonienne en péril, etc., tout cela repoussant la rituelle et pure tombée de la nuit, circulaire et concentrique. La singularité de la race dite « humaine » est captivante. Pas humaine pour un sou malgré les apparences. Pas libre. Garrottée de naissance au contraire (pourquoi ?). On croit utile de s'inventer un avenir qu'on choisit avec une avidité mordante. On va jusqu'à se vanter de réussir. Bouffissures d'orgueil, voilà, lorsqu'on se retourne plus tard sur ses propres traces. Les souvenirs ensommeillés, en collaborateurs dociles, restent accrochés à nos talons avec la servilité de noirs domestiques. Esclavagisme pas mort. On découvre seulement alors qu'on s'est trompé sur la *syntaxe du mouvement* dont on est, en fin de parcours, la victime ahurie.

Trop tard à présent pour amorcer les bonnes bifurcations.

Exemple : j'étais douée pour l'opéra dans ma jeunesse. Eh bien la syntaxe du mouvement m'a forcée à capituler. Il y a eu la guerre, il y a eu mon mariage avec ce bonhomme que je surnommais à juste titre Malingre, la pauvreté, la faim, le froid, ensuite ma rencontre de hasard avec un quelconque soldat anglais à peau rose : Ralph Memory. La future cantatrice s'est roulée en boule au-dedans de moi et je n'en ai plus jamais entendu parler.

La porte-tambour de l'Espérance fait l'effet d'une immense faux à quatre lames. Elle me saisit au passage, elle saisit Shadow en nous tranchant sec de l'univers du dehors.

Le dedans qui nous engloutit est déconcertant : il y règne en long et en large l'ébriété de l'exil. La salle est grande. De nombreux laissés-pour-compte de la vie cherchent là l'illusion d'un contact bruyant, opaque et coloré. Ils y croient. La chaleur et les lumières éclatantes sont aptes à les sauver — le temps d'un entracte plus ou moins prolongé — de l'enfer de la solitude et du désespoir.

On nous a réservé une table tout au fond, juste à côté du comptoir d'acajou surélevé derrière lequel trône la grosse caissière au pull violet trop décolleté.

Shadow et moi nous nous asseyons face à

face. Une lampe de cuivre à l'abat-jour frangé de perles accentue le blanc de la nappe.

Tout va commencer.

Que veut dire « tout » ?

Rien. Rien. Rien.

3

Shadow ment

Juste avant de s'installer sur la banquette, elle s'est lancé un coup d'œil dans la glace en me demandant ce que je pense de son lifting.

« Beaucoup de bien », fais-je sur un ton matelassé d'indulgence, ce qui n'est pas un trait frappant de mon caractère.

J'ai du goût pour l'agressivité ouverte. Souvent on me le reproche, et c'est à tort. Ma préférence va vers la brutalité des opinions, lignes droites, angles aigus. L'honnêteté de la géométrie simplifierait les rapports avec nos semblables. Inutile de rêver. Les méandres du mensonge ou tout au moins de la dissimulation sont inévitables, on croit s'offrir ainsi les moyens de survivre et laisser survivre. Conclusion : les manipulations criminelles d'un spécialiste de la beauté féminine ont défiguré Constance A. Ça fait un choc. Elle est passée de sa vieillesse anxieuse et pathétique, molle et fébrile, à une vieillesse prudemment figée. Son nez n'est plus qu'une boulette aplatie dont le double trou n'a plus rien de commun avec ses belles et vivantes narines d'avant. Dès qu'elle rit, le muscle raidi des joues expose avec ingénuité l'horrible perfection de sa prothèse dentaire.

« À quoi tu penses ?

— À rien.

— Franchement, combien d'années en moins on me donne ?

— Franchement, tu passerais pour ma sœur. »

Les gens ne soupçonnent pas à quel point je suis tendre à l'intérieur. Mes yeux seuls, dont je ne suis pas responsable, sont cruels parce que lucides.

Elle a rougi. Elle sait que je sais qu'elle sait. Sa question et ma réponse sont en fait étrangères à nos personnes comme des doublures de théâtre chargées de jouer l'amabilité. D'instinct elle est informée que nous disposons de deux voix antinomiques : la première bavarde à tort et à travers alors que la seconde s'interdit l'aveu des vérités grinçantes. Nous sommes bien forcées de suivre leurs courants contradictoires.

Dans le miroir mural reflétant le dos de Constance A., Picasso à peine momifié, ma propre image est en quelque sorte son duplicata réduit. Car nous nous ressemblons. Cela tient aux subtils agencements d'ossature du côté du front, de la tempe et de la mâchoire.

Mais surtout à notre air de regarder l'autre sans rien prêter de son vrai regard. J'imagine qu'un dessinateur immatériel s'est obstiné à nous confondre ou nous séparer par souci d'espièglerie mutilante. Quand on m'assure : « Tu es le portrait craché de ta mère », cela me contrarie et me paraît faux dans la mesure où je déteste depuis l'enfance les sensualités de sa physionomie. *Ses* physionomies, devrais-je dire, puisqu'elles ne cessent de se recouvrir l'une l'autre à la façon de tissus délicats au grain trompeur.

Côté Ralph Memory, aucun doute : il est mon fabricant authentique bien qu'il soit grand et volumineux alors que je suis le contraire. Le père et la fille sont frappés du même sceau, voilà pourquoi nous osons toujours nous fixer droit dans les yeux.

Oh papa chéri resté tout seul chez lui ! Avec précaution il a quitté son fauteuil pour aller à la cuisine. Il y réchauffe ses plats puis revient s'installer devant la table de la salle à manger. Il se noue la serviette autour du cou pour éviter les taches de sauce qui mettaient Constance en rage. Dès ses premiers reproches hurlés, l'ex-héros de la Libération devenu le prisonnier massif d'une geôlière hors du commun la dévisageait avec patience pour savoir jusqu'où irait la crise, et elle se permettait d'aller au-delà, comme accablée par le poids de ses propres insultes jaillissant d'un fonds jouisseur physiologique. Tout à coup, sans perdre pour autant son flegme britannique, l'homme giflait la femme. Ensuite il l'aidait à retrouver son calme en l'emmenant dans leur chambre avec toutes sortes de prévenances. Il est bon cependant de fignoler ce tableau-souvenir : pauvre, parce que trop collé à la réalité, celle-ci n'étant que misère du corps et bêtise de l'esprit. Mon devoir de presque romancière (car je ne désespère pas encore de l'être un jour) consiste à transfigurer une mince anecdote pour lui offrir un peu de luxe.

La voix du dessus d'en face m'interroge, provocante :

« Tu as un petit malaise ? »

Elle doit avoir raison puisque ma mémoire vient de se faire lyriquement pointue et mes traits se sont durcis. Bon. La question posée par Constance A. m'autorise donc à insister sur l'épisode des taches de sauce : elle raidissait la tête pour mieux dégorger ses cris. Mais soudain, comme frappée par une baguette magique, elle cessait d'être une simple mégère afin de satisfaire — enfin ! — sa vocation ratée de soprano-coloratur. Rien ne pouvait arrêter l'élan désormais, la voix montait en vociférations suraiguës, aériennes, ravissantes. Chaque octave dépassée avec la virtuosité d'une diva l'emmenait jusqu'au contre-ut. Et la note était si juste qu'elle-même y croyait à peine : elle la tenait, cette note, elle ne la lâcherait pour rien au monde, papa, John et moi l'écoutions avec effroi, respect, admiration, installés côte à côte au premier rang de cette salle d'opéra imaginaire. La candeur sacrée de la chanteuse aux prunelles révulsées nous contaminait. Nous devenions alors les quatre morceaux d'un seul bonheur. Mille éternités nous confondaient dans une éternité immobile, unique, inaltérable… Ajoutons que l'extase en question était courte. L'extase ne dure jamais de par sa fonction banale d'extase. Nous retombions. Les murs de l'appartement reprenaient leurs dimensions réduites, on étouffait. John commençait à pleurer dans un coin, Ralph et Constance se retiraient. Je tendais l'oreille. C'était fatal. Au fond de leur chambre à coucher, les parents continuaient à se disputer à l'étouffée jusqu'à ce que l'homme hors de lui sorte de chez nous en claquant la porte d'entrée derrière lui. La femme s'enfermait ensuite dans la salle de bains pour se rafraîchir. Brisés, le frère et la sœur se couchaient comme des orphelins. Ensuite la femme venait nous border. Ensuite elle guettait le retour de l'homme. Nos deux meurtriers se contentaient de s'adorer à distance pendant quelques heures. Ensuite l'homme rentrait et la femme courait vers lui : ses mules à pompons faisaient un bruit de castagnettes sur le parquet du couloir. Ils étaient de nouveau tout calmes, détendus, aussi légers que deux fantômes d'amour. Rien n'avait eu lieu. Ils étaient neufs et purs comme de l'or, innocents du mal que nous avions supporté. Le silence de la maison se faisait absolu. Il m'arrivait parfois de me relever pour aller, soi-disant, faire pipi au bout du couloir. En réalité j'étais fascinée par le rai de lumière filtrant sous leur porte avant de s'éteindre, et c'était l'abomination d'y voir clair dans le noir. Non seulement le noir du présent mais celui de l'avenir. « La nuit de mon plus-tard », pensais-je en retournant m'enfouir sous mes couvertures. Je sanglotais. L'abomination se transformait en exaltation qui serait peut-être un jour du bonheur à condition de l'exiger. Je serrais les poings. Je faisais le serment de ne jamais connaître l'amour, damnation souveraine, damnation mortelle, damnation repoussante à laquelle avaient cédé nos parents. La solennité de ma décision se doublait d'enthousiasme gai.

J'affirme aujourd'hui, 4 mai, que ma passion pour les mots s'est nouée alors. Ralph Memory et Constance A. cessaient donc d'être humains pour devenir des mots, des mots simples, des mots directs, des mots durs : ils ne cesseraient de se diviser en s'affinant, se fondre en se musicalisant — car je le pressentais déjà la musique est un dieu d'orchestre. Et cela composerait à la longue une chaîne d'arias, concertos, sonates et symphonies. Ma perception était si douce et prenante qu'elle finissait par m'endormir, épuisée d'un côté mais assurée de l'autre d'être une enfant d'élection, maîtrisant par anticipation son éblouissant futur.

« Tu choisis quel hors-d'œuvre ? fait Constance A., je te conseille un hareng baltique, ils sont excellents ici.

— Un cervelas rémoulade.

— Si tu veux, mais c'est lourd. »

Elle paraît ignorer que les seules digestions dont il faille tenir compte ne sont pas liées au corps mais à l'âme, la tête, le cœur. J'ai pensé *cœur*? Fumisterie. Ça n'existe pas, un cœur moral. Pure interprétation masturbatoire chargée de contrer nos mignons néants.

Car vous n'avez pas l'air de savoir, mes vieux (me dis-je en balayant la salle d'un regard irrésistiblement rêveur), que tous tant que nous sommes agissons en néants plus ou moins aboutis.

« Ah, tu me trouves belle ? »

Après un sursaut joyeux, elle ajoute qu'elle a une faim de loup, que nous allons nous taper un vrai petit festin de fête.

« Maître d'hôtel, apportez-nous du Chicane 85.

— Une demi-bouteille ?

— Non, non, une grande bouteille. »

Elle est toujours superbe, oui, elle a le génie de se débarrasser des attaques de l'âge par menues secousses au niveau des épaules et des reins comme on fait pour quitter un vêtement superflu. Blottie sur ses genoux, Pillow s'est redressée en reniflant les bonnes choses déposées dans l'assiette. Une tape sur le museau la rappelle aux convenances.

« Oui, tu es mon trésor, tu es ma vie », murmure la femme.

Je crois que je vais mourir, peut-on mourir en public ? ce serait le pied. Ne rêvons pas. Personne n'interviendrait, on se contenterait d'observer de loin les nuances de mon passage d'ici à là. *Là*, définition singulière, brutale et magnifique. John s'est démis de la vie en se précipitant au fond du *là* sans avertir qui que ce soit, cela ressemblait à un simple accident. Mais la géniale coulée du temps a relativisé ce qui fut pour les Memory l'incurable fracture. Le temps contraint chacun à rebâtir à sa façon le suicidé. Nous sommes devenus des artistes corrigeant, fignolant une œuvre injustement inachevée. En fait, la vraie vie de mon frère n'est qu'à son début. Par touches secrètes, progressives, je le décore des qualités qu'auparavant je lui déniais. J'osais par exemple lui reprocher son entêtement et la sournoiserie de ses ambitions. Quelle erreur de jugement. Aujourd'hui qu'il n'est plus, je vois en lui un garçon courageux et noble, apte à piloter son vaisseau de famille avec sagesse. Tout est si clair à la longue ! Il avait un faible pour moi, sa sœur, et cela m'agaçait. Je n'ai pas compris à temps qu'il essayait de remodeler jour après jour, en secret, nos intimités d'enfant dont notre ami d'école Justin K. était l'allié, le témoin. Notre frais univers à triple tête n'avait besoin de personne. Ralph et Constance n'étaient que deux ombres chinoises derrière une toile de fond. Et nous ne savions pas à quel point nous étions heureux.

« Il est bon, ce cervelas ? » s'enquiert-elle sur un ton d'acrimonie gémissante dont aussitôt je sais la raison : elle a deviné le cours de ma pensée que trahit mon regard évanescent ; si le souvenir de John y couve en permanence, ce soir elle n'en veut à aucun prix. La sotte, la gentille, la pure ! Elle imagine que je la traite en présumée coupable, alors que c'est l'inverse. Le vrai suspect dans cette affaire n'est autre que le suicidé : il a commis un acte d'I.V.D. (interruption volontaire de détresse). Illusion machiavélique. Sadisme absolu. Hypocrisie de maître chanteur ayant su trouer quand il faut, injecter ce qu'il faut. Tueur intégral. Nous sommes tous un peu morts par sa faute, nous les Memory.

Le cou tendu, elle essaie de percevoir ce que je n'ai pourtant pas dit.

Pour un peu je me pincerais : la dénommée Shadow, moi, suis-je concrètement assise dans ce restaurant dont la clientèle — je le note en passant — est en majorité féminine ?

Intéressant, ça ! Passionnant même !

Pourquoi la race mâle est-elle en sous-nombre ?

Alors qu'en un soir de fête chrétienne, le mélange des sexes devrait s'équilibrer.

Or Constance et moi sommes enfermées dans une volière jacassante, arrogante, choquante. Trop de seins, trop de derrières moulés, de chevelures flottantes, ou coupées court, ou torsadées en hauteur. Parfums épais, jambes soyeuses qui ne cessent de se croiser et se décroiser sous les nappes. Dans quel piège suis-je tombée ? Au lieu d'être ici, je serais près de Ralph Memory. Je sais qu'il m'aime. Il sait que je l'aime. Entre nous l'accord est si parfait qu'il exclut d'arbitraires niveaux de communication : ni dessus ni dessous mais échange en direct, puéril exprès, et seulement coupé par quelques silences. « Tu te sens bien ? — Je me sens bien. Et toi ? — Oui. — C'est bon ? — Excellent. — Tu n'as pas froid ? — Je n'ai pas froid. » Et voilà tout. Il aurait voulu faire la vaisselle lui-même. Nous serions allés boire le café au salon. Constance A. ne serait pas là pour nous embêter. J'aurais mieux observé papa dans la perspective du roman que je reprendrai bientôt. Ralph Memory en sera la figure centrale. En le couchant sur la page, je ne blesserai nullement sa réalité d'homme introverti bien qu'heureux, oui, heureux mais patiemment soumis aux paradoxes qu'impliquent les conventions du bonheur. Mon cher papa se transformera en héros fou mais lucide, modeste et généreux. J'insisterai sur son gros ventre, la couperose des joues, les mains tachées de son, etc. J'irai sans scrupule jusqu'au bout de mes perceptions ; un bon livre de fiction doit refuser les compromis de l'indulgence, la mollesse des sentiments si rassurants pour le grand nombre. Devenue moimême à la dixième puissance, je m'évaderai de ma forme ancienne après quarante-cinq ans de réclusion, c'est-à-dire de mensonge. Papillon géant débarrassé avec exultation de sa chrysalide.

« Et pour suivre, Pillow, qu'est-ce qui te plairait ?

— Shadow, pas Pillow.

— Shadow. Pardon. » (Son rire aigu fait se tourner vers nous quelques têtes.)

« Une entrecôte saignante.

— Une sole meunière pour moi, maître d'hôtel. Est-elle bien fraîche ?

— Naturellement, madame ! » (Indignation, sourire méprisant-charmeur, légère flexion des genoux, obséquiosité oblige.)

Elle a toujours aimé plaire aux hommes. N'importe quel homme. Tous. Sans distinction. Cela se traduit par l'aura de magie innocente qui se dégage de sa personne avec naturel. Sa façon d'incliner la tête au point que sa joue lui effleure l'épaule. Ses mains souples, agiles, potelées, et leurs griffes carminées. Ses lèvres carminées qu'elle tamponne de temps en temps avec délicatesse. Le sillon un peu ridé de sa gorge dans le trop profond décolleté de sa robe. Geste provocant pour s'accouder en vérifiant les crans de sa coiffure, assurer l'ordre des couverts, caresser l'animal. Elle a remarqué aussi la priorité femelle du lieu. Les sourcils haut levés, elle scrute en éclair chaque visage. Enquête perçante d'un policier clandestin. Elle enregistre : charme ici, beauté là, plus loin vieillesse, bêtise, grossièreté, sécheresse, inélégance, avarice, prodigalité, le tout camouflé sous les rires et les propos niais. Le muet procès-verbal tourne à son avantage. Elle se cambre. Traduction : Constance A. n'a rien de commun avec vous toutes, fauteuses de trouble, révolutionnaires à la noix, parasites obéissants. Laquelle oserait se vanter d'être mon égale, dites ? Aucune. Larbines de la médiocrité satisfaite, vous pouvez être jalouses de moi qui vous domine.

Je suis injuste et malhonnête. Que se passe-t-il à la racine de mon cerveau, quand les toutes jeunes pousses d'une pensée commencent à percer ? pourquoi leur fraîcheur est-elle méchante ? pourquoi ne pas admettre la beauté de ma mère ?

4

Constance ment

À quoi peut bien penser ma fille ? j'ignore tout d'elle. Le serveur en train d'accommoder ma sole est d'une incroyable beauté. Cheveux bouclés bas sur le front et la nuque, aplomb brisé presque anguleux au niveau des hanches, suspens gratuit de certains gestes, bref il a l'air de sortir d'un tableau de Carpaccio. Tiens, juste à la seconde par exemple, tandis qu'il se déplie en hauteur après m'avoir apporté le plat, bras écartés, un genou ployé, l'autre raidi comme en attente. Il vient de fixer sur moi son regard flamboyant. Italien ? Espagnol ? Arabe ? Sud-Américain ? Aucune importance. Je l'intéresse. Shadow s'en est-elle aperçue ? naturellement, elle est fine, ma fille. Je réussis ce que peu de femmes parviennent à faire : me dédoubler. Car tout en accordant à Shadow une attention aussi brûlante que suave, je me réserve à l'admiration du serveur, lequel a reculé jusqu'au comptoir en dansant au ralenti. Il comprend : malgré mon âge, je suis encore capable de séduire.

Shadow a raison : je passerais pour sa sœur aînée. Pourtant quand je lui avais annoncé ma décision de me faire lifter et arranger les dents, elle a protesté à sa manière : sourde, pâle, évasive, mais résignée. J'aime la voir s'indigner sans manifester le moindre signe d'impatience. Son refus catégorique de m'accepter telle que je suis, telle que j'ai toujours été, sa méfiance à l'égard de ma nature profonde avec laquelle elle n'est jamais d'accord dressent entre nous d'intéressants obstacles. Vive la difficulté ! Ma fille est un stimulant. Jamais je n'ai autant besoin d'être moi qu'en sa compagnie, le sait-elle ? non.

En 1967, quand elle s'est mise en ménage — oh l'affreuse expression ! — avec Justin K. le meilleur ami de mon John, j'ai souffert. C'était plus qu'une épreuve, une vraie mutilation qui n'avait rien à voir avec l'amour maternel. Amour maternel, quelle blague, quel truc dont on fait toute une légende. Se sacrifier à ses enfants ? Allons donc. Dieu merci, ce genre de mystification débile ne me concerne pas. J'ai su la chose dès l'adolescence : je me suis exercée au charmant statut de sirène en couchant à droite et à gauche, sans amour. L'essentiel consistait à toucher des peaux du sexe opposé pour en tester la température, l'odeur, l'élasticité, jamais deux pareilles, jeux comparatifs, évaluations. La question des poils (important) ne s'est posée qu'avec Malingre épousé sur un coup de tête en 1938, mon Dieu quelle erreur : aisselles et bras, torse et ventre, cuisses et mollets d'une nudité si nue qu'elle était choquante, décadente. Le malheureux avait beau m'adorer, je l'ai mis de côté dans ma vie en attendant mieux. Et le « mieux » s'est présenté le jour de la Libération — celle du pays autant que la mienne. On criait, on dansait, on embrassait des dizaines de soldats anglais rieurs qui sentaient bon le cuir.

Soudain, je me suis cognée contre Ralph Memory.

Nous nous sommes arrêtés net, galvanisés, comme si nous nous retrouvions après une longue séparation.

Il n'y avait plus de bouleversement historique.

Il y avait lui, il y avait moi. J'étais sa libératrice, il était mon libérateur. Sa stature et sa minceur, son teint rose et sa blondeur, ses avant-bras aussi velus que ceux d'un singe, merveille, nous étions faits l'un pour l'autre !

À travers un brouillard d'exultation, il m'a entraînée au long des rues bondées sans que je songe à résister. Pourquoi lui ? À quoi tient l'explosion de l'amour ? À cause des poils, des poils.

Nous avons fini par trouver un hôtel.

Le lendemain à l'aube j'ai regagné le domicile conjugal où Malingre à demi fou m'attendait.

Je l'ai prévenu que je le quittais. Il m'a regardée faire ma valise, foudroyé. Il avait peur de Constance A. son épouse, gorgée d'une certitude éclatante. Tout combat était vain.

J'ai couru avertir ma mère Adeline A. qui vivait seule à la lisière de la forêt depuis la mort de son mari. Elle n'a pas réagi non plus.

Ralph inconnu la veille encore annulait tous ceux qui avaient fait jusqu'alors de la figuration, même pas intelligente.

Ma vie commençait. Ma vie bonne, ma vie vraie sous les feux d'un projecteur éblouissant.

Après la démobilisation, Ralph m'a emmenée à Paris où très vite il a trouvé du travail dans le journalisme : c'était son vœu, il ne redoutait pas l'avenir, il était pondéré, fort, plein d'assurance, et ma confiance en lui se faisait plus vive encore la nuit après l'amour. Il s'endormait comme on tombe au fond d'un trou. Je le possédais mieux : je caressais le gazon d'or fauve dont il était recouvert jusqu'à ce que je sombre à mon tour.

Je devrais plutôt parler du gazon d'or fauve de mes souvenirs dont les brins soyeux m'emprisonnent. Logique dans un sens. Jamais je ne plonge mieux dans l'intimité de ma mémoire qu'en face de Shadow. La ponctualité de nos dîners en tête à tête sert de régulateur au passé, lequel remonte en surface. Mon silence — qui n'est pas un vrai silence — pourrait la blesser. Ma voix du dessus s'exclame :

« Comment peux-tu aimer la viande rouge ! »

Elle a besoin d'absorber du sang pour être en forme, dit-elle. Gloussement de son côté et du mien.

Ainsi ouvrons-nous deux portes dérobées donnant sur le dehors sans compromettre nos ruminations. C'est agréable, ça creuse le noir de chacune sans porter atteinte à l'autre. Shadow Memory, quarante-six ans bientôt, d'une pâleur presque translucide. Son visage a la perfection ciselée de certains portraits du Moyen Âge. Rien d'étonnant : mon père était flamand. Cou gracile, rondeur un peu tombante des épaules, juvénilité de la silhouette. Bravo. Elle doit avoir des seins délicieux, trop pointus peut-être. Fesses bien pleines. Je me borne à supposer car jamais je n'ai eu l'occasion de la voir nue, ce qui semble impossible. Pourtant c'est vrai, sauf quand elle était petite. Dès l'adolescence elle s'est masquée physiquement et moralement. Oh il ne s'agissait pas d'hostilité, ce serait injuste de le prétendre, mais j'aurais préféré une résistance ouverte. Plus simple. Elle aurait organisé ses attaques et ses défenses et moi les miennes. Nous aurions assaini l'atmosphère. Nous aurions joui de nous mouvoir sur un terrain aussi lisse qu'un court de tennis. Au lieu de ça : crépuscules d'âme, bifurcations de corps, tétanisations. Je suis consciente du pourquoi de la cassure d'origine. Son prénom. Shadow. Ridicule à la limite, soyons honnête. C'est mon Anglais chéri qui le voulait. À l'époque je lui disais amen pour n'importe quoi et, dans un certain sens, ma lâcheté me rendait plus heureuse encore. « Shadow » faisait tant souffrir la petite qu'à l'âge de quinze ans nous lui avons proposé de se nommer désormais Claudine, Andrée, Simone, Jeanne, Yvonne, etc. Elle a refusé net, prise d'un accès de fureur dont nous ne la supposions pas capable. Traitée jusqu'alors en « shadow » elle tenait à s'assumer jusqu'au bout en qualité de « shadow », criait-elle en trépignant.

Ha-ha ! Je pousse un soupir.

Ce n'est que bien plus tard que nous avons compris notre génie, oui, du génie, en collant à notre fille un état civil aussi burlesque. À mesure qu'elle devenait femme, Shadow se glissait avec naturel dans la peau de sa propre ombre, interceptant ainsi l'éclairage trop vif qui l'aurait caricaturée. On peut se poser la question : quel est son poids authentique, cinquante kilos, cent grammes, dix grammes ? Plus les années passent, plus ma Shadow se fait ondulante, fuyante, flottante, et même à demi volante à force de mutisme. Elle ne s'impose pas. Elle n'impose rien à personne. Ses yeux sont là, heureusement, sous son beau grand front, pour nous rappeler qu'elle existe à part entière. J'aime ses yeux : deux lacs couleur de temps, gris nacré ou bleu vif ou vert foncé, ou presque noirs dans la contrariété. En cette minute par exemple, tandis qu'elle mâche sa viande avec une avidité frisant l'indécence, j'ai le droit de m'interroger : n'a-t-elle pas surgi dans ma vie comme un fantôme léger et clair qu'un simple geste de la main suffirait à effacer ?

Non. Cette jeune personne est une vraie femme tout aussi femme que je le suis. Je n'ai jamais pu savoir à quel âge elle s'est fait « déflorer » (le terme est d'une cocasserie attendrissante), et par quel type. Justin K. ? Possible.

Justin K.

Justin K., l'ami intime de mon fils.

Justin, ah, Justin. Oui. Oui.

Stop.

« Comment fais-tu pour avoir des dents aussi blanches ?

— Rien de spécial », répond-elle sur un ton de puérilité si gentille que mon cœur de granit se prépare à fondre comme un morceau de sucre. Petite, je raffolais du sucre. Adeline A. me reprochait d'en abuser. Je répliquais avec irritation : « On ne mange pas le sucre, c'est le sucre qui vous mange. » Elle en cachait partout des provisions que je finissais toujours par découvrir. Au lieu de me réprimander, maman me serrait contre elle avec exultation. J'ai compris plus tard le motif de son ravissement : sa petite Constance avait un instinct de chapardeuse. Elle m'exigeait malhonnête. Quand elle me prenait en flagrant délit de vol de sucre, elle en jouissait à plein.

Vade retro, Adeline A. qui fut ma mère ! Vous êtes entrée furtivement ici et vous m'encombrez. Il faudrait gratter de l'ongle la tache que vous laissez sur le tissu de ma mémoire. Souillure arbitraire gâchant une seule de mes nombreuses mémoires. Car je suis pourvue comme tous mes semblables (même les plus déshérités) d'un nombre incalculable de mémoires dont je suis l'esclave humiliée. Impossible de les contrer. Allusives, capricieuses, autoritaires, à tout instant elles me refilent des fragments discontinus. Elles n'ont rien d'un drap lisse et tendu, au contraire elles veulent prouver qu'elles sont hors d'usage à force d'avoir servi à tort et à travers. Ensuite elles se retirent avec leurs pleins et leurs trous pour mieux s'enfoncer dans les ténèbres de l'oubli. (Scandale ! l'oubli est inoubliable, vicieusement.) Qu'ai-je à faire de leurs accrocs ? leurs déchirures ? leurs faux raccommodages ? Alors qu'il faudrait se souvenir de *tout* sans omettre le plus fin détail de ce qui a couvert le champ de nos vies : un cheveu, une joue, un œil, un brin d'herbe, une note de musique, le poignet de ma mère, le gilet de mon père, un nuage ici, des souliers là, une odeur de miel, la volée du vent dans les dunes, la bouche de mon premier amoureux, le crâne duveteux de Shadow à sa naissance, et cætera, et cætera à l'infini. Seulement alors on aurait le droit de se globaliser en toute franchise et mériter d'*être*.

Bref, à la seconde où remue dans ma tête ce méli-mélo d'images qui n'accéderont jamais au niveau carré de la pensée, j'obtiendrais avec naturel des milliards de petites Shadow sacrifiées, des milliards d'Adeline A., de Ralph Memory, de John périmés. Autant de trésors qui me broieraient l'âme. Tout comme moi, l'humanité serait ivre de clairvoyance et de luxueuse invulnérabilité.

Au lieu de ça…

Caressons Pillow sous le pan de la nappe pour éviter que Shadow s'en rende compte : elle n'a jamais aimé les animaux. Il serait bon qu'elle relise les fables de La Fontaine dont je me gorge depuis quelques semaines. J'aurais dû naître à son époque. Je lui aurais offert mes sensations, il m'aurait passé les siennes concernant la pureté métaphysique (lâchons le mot) des bêtes.

Son battement de paupières m'avertit en douce qu'elle conteste ma dérive mentale. À ton aise, mon enfant. Tes grimaces ne m'empêcheront pas de rejoindre ce génie de la littérature. Mieux qu'un génie : un dieu, impassible et persévérant comme tous les dieux. Il conduisait son char de vérités sans souci des cabales médiocres, rrra, montées par Descartes et sa nouvelle philosophie. Gassendi était son frère, son soutien. « Plus inculte que moi, tu meurs », m'entends-je gronder en me mordant l'intérieur des joues pour garder mon sérieux. Car si le nom de ces grands hommes occupe un moment mon front, c'est pour l'unique raison qu'ils figurent en notes à la fin de mon volume de la Pléiade feuilleté chaque soir avant de m'endormir. Je sais les utiliser quand il s'agit d'en jeter plein la vue au cours d'une réunion, et ça ne manque pas d'impressionner. Les gens me regardent avec une incrédulité respectueuse. « Elle en sait des choses, pensent-ils, aurait-elle fait une licence de lettres autrefois ? un doctorat ? une agrégation ? » hi hi, or je n'ai poursuivi aucune étude. Je tenais à mon ignorance en pensant qu'elle profiterait à mes dons pour le chant. Pas bête.

Je passais mon temps à m'exercer dans les vocalises et les roucoulades pendant que mes amis se laissaient domestiquer par les séminaires, les colloques, les bibliothèques. Ils sentaient le papier, l'encre d'imprimerie et la poussière, alors que Constance A. dégageait un parfum musical étoilé issu de sa gorge, do-ré-mi-fa-sol-la-si-do (ça montait toujours plus haut), do-si-la-sol-fa-mi-ré-do (ça descendait toujours plus bas sans effort).

Crescendo : ho-ho-ho-ho-ho-ho-ho-ho…

Diminuendo : ha-ha-ha-ha-ha-ha-ha-ha…

J'ai dû sonoriser ma pensée car ma fille jette alentour des regards inquiets en me demandant ce qui me prend. Dieu qu'elle est conventionnelle ! timorée ! Elle a si peu envie d'exister qu'elle souhaite m'empêcher d'exister. Nuit de l'anonymat, voilà ce qu'il lui faut. Masque étouffant de la non-vie. Elle est choquée par ma spontanéité, ma nature directe dont l'intérieur et l'extérieur sont unis bord à bord par une couture invisible. Je chante comme je respire. Ça dérange. Je me comporte en femme indigne dans un lieu public où il est de bon ton de se plier aux règles du savoir-vivre. La réprobation de Shadow m'étonne pourtant : son père et moi l'avons élevée d'une façon libre, ouverte. « Qu'est-ce qui te prend ? », telle est sa réplique au chant d'un rossignol. Que sais-je en vérité de ce corps-là qui a grossi dans le mien il y a quarante-cinq ans ? à qui j'ai communiqué mon sang, mes gènes, etc. Que se passe-t-il ce soir au-dedans de son gracieux étui de peau ? quel est l'état de ses organes ? Où en sont ses malaises ou ses conforts de digestion ? Elle a nettoyé l'assiette avec un bout de pain qu'elle engloutit aussitôt avec un évident plaisir. Je suis sûre qu'elle se pose les mêmes questions au sujet de sa mère, c'est-à-dire moi.

Elle serait ravie de traverser la carapace de mon moi afin d'en étudier les matières premières.

Elle n'entrera pas en moi, pas plus que je n'entrerai en elle. L'incommunicabilité passe tout d'abord par l'absolue méconnaissance des tripes de l'autre. Nos technologies de pointe devraient corriger ce défaut fondamental en gainant l'être humain d'un sac en plastique transparent. On serait apte à suivre du regard la descente des aliments dans l'alambic de chaque ventre. On saurait contrôler le point de séparation entre le bon et le mauvais et leurs luttes intestines (je devrais dire intestinales). Nos crânes aussi nous offriraient — comme à la télévision — des milliers de reportages passionnants. Vifs ou non, complexes ou non, joyeux ou non, bénéfiques, maléfiques, tous, tous, seraient chargés de nous enrichir.

5

Shadow défie

Excellent, ce vin : il m'échauffe d'une fringale d'interprétation métaphysique. Une énergie seconde — innommable — m'oblige à m'asseoir sur moi-même afin d'y écraser sans précaution ni indulgence certaines médiocrités de mon esprit auxquelles j'obéis volontiers. Il s'agit là sans doute d'un goût inné pour l'indolence, l'asservissement aux morbidités mesquines. Dans un sens, la médiocrité est pleine de séduction : elle rafraîchit l'atmosphère, facilite les jeux de la respiration. On s'en justifie en mettant sa fragilité nerveuse et organique, son manque de sportivité, sur le compte de la fatalité. On s'admet. On va même jusqu'à s'apprécier. On se cache dans des plis de complaisance en y étouffant à petits coups. Ça ne fait pas mal. On finit par dormir sa vie à travers de vives satisfactions esthétiques. Danger majeur dont on ne pressent pas la menace. Car on se fiche pas mal, en fin de compte, d'avoir perdu les clés ouvrant les bonnes portes.

Sa voix du dessus m'atteint dans un brouillard.

Dès demain, explique-t-elle en substance, elle rassemblera tous nos papiers de famille. Travail de mise en ordre urgent. Papa a rendez-vous avec son notaire, il a l'intention de régulariser (enfin-enfin) la situation. Elle répète en soupirant : notre *situation*, centre obsessionnel de ses idées. Derrière son masque recousu au petit point, *situation* signifie *concubinage*, terme vulgaire qui n'a jamais été prononcé devant John et moi. Au cours de leurs quarante-six années de vie commune, Constance a souvent réclamé le mariage, mais Ralph a toujours éludé, ça ne l'intéressait pas, ça le gênait même, ce serait une atteinte à leur indépendance. Il lui suffisait d'avoir reconnu ses deux enfants dont l'entretien matériel était assuré par le *Journal des jeux de hasard*.

« C'est entendu, ton père a mené sa barque avec sagesse et honnêteté (continue-t-elle à raisonner dans le vide en me croyant suspendue à son discours), mais qu'il ait fait si longtemps confiance aux folies du *hasard* ne manque pas de piquant, ma petite, soit dit entre nous. Pas banal, ce Ralph Memory. Drôle de numéro. Soumis d'un côté aux conventions rassurantes d'un emploi fixe, possédé de l'autre par la griserie hallucinée du risque, des paris stupides dont il s'est borné du reste à jouir par clients interposés. Et s'il s'était fait écraser par un camion, hein ? que serions-nous devenus, hein ? sa maîtresse et ses deux petits, hein ? »

Elle m'assomme. Elle me dérange. Elle me harcèle à la façon d'un taon.

« Shadow, Shadow, Shadow », conclut-elle en cognant la table de son index replié (mon prénom redevient dans sa bouche un substantif qui de nouveau m'annule), « c'est *toi*, notre fille, qui accompagneras papa chez le notaire. *Toi* et non moi qui aurai préparé le dossier. Il s'agit pour *toi* et *lui* de confier *son* testament à l'homme de loi. *Il* est vieux, *tu* es son héritière. Constance A., qui est vieille aussi, *n'a rien à voir* dans l'affaire. Constance A. reste dans la marge. Constance A. est un blanc. »

Elle s'est redressée, la broche épinglée à son corsage lance un éclair, ses yeux s'enflamment sous les sourcils froncés.

« Tu m'écoutes ? »

Je n'écoute pas ce que j'entends, c'est un parti pris. J'ai toujours adoré la manière dont Ralph parvenait à combiner ses contradictions : en partant le matin pour son journal, on l'aurait cru aspiré par un air de magie dont nous ne saurions rien. Il rentrait le soir avec ponctualité, mais son énigmatique état de grâce s'éteignait dès qu'il enfilait ses pantoufles à carreaux.

« Tu n'as pas répondu. »

Il n'y aura pas de réponse. Les « auteurs

de mes jours» (métaphore affreuse) continuent à me fasciner. Car Shadow Memory n'a même pas été voulue, en fait. Je suis le produit d'un dixième de seconde de retard, m'a souvent raconté Constance en riant. J'imagine l'épisode : « Ralph, attention, retire-toi à temps! » gémissait la femme rythmiquement clouée au fond du lit, tandis que l'homme concentrait ses forces sur le ventre d'une fille rencontrée depuis peu. Il ne s'est pas retiré : du jet instantané sortirait neuf mois plus tard un petit corps qui serait moi, Shadow Memory.

Pas mal, à la réflexion, le nom de Memory. J'en ai repéré plusieurs dans l'annuaire du téléphone. J'étais tentée de les sonner tous un par un, mais je me suis abstenue par crainte de tomber sur un membre de la famille, ce qui aurait contrarié papa; il ne voulait rien révéler de ses origines. Nous savions seulement qu'il habitait Coventry avant la guerre, point. Ses parents étaient-ils bourgeois? prolétaires? ou bien, pourquoi pas, issus d'une lignée d'aristocrates plus ou moins déchus? Ce qui expliquerait la distinction de cet homme pudique et sobre. Dans ce cas, si je vais plus loin dans mon imaginaire, pourquoi aurait-il refoulé tout au fond de sa memory (ha-ha) les traces d'un passé noble? Aurait-il commis dès l'adolescence tel ou tel acte louche, quelques viols par exemple, ou même un assassinat? La guerre, dans ce cas, l'aurait miraculeusement purifié. Mon fantasme est plaisant. J'aime mon fantasme.

« Qu'est-ce qui te fait rire ? dit-elle.

— Je ne ris pas.

— Si, tu ris.

— Je ne ris pas.

— Je te connais : je sais que tu ris.

— Je ne ris pas.

— Tu devrais expliquer pourquoi tu ris.

— Je ne ris pas. »

Notre échange bas et vif décrit un cercle fumeux aussitôt dissous. Chacune examine son assiette avec l'arrière-pensée d'avoir encore faim. Une faim pas banale. Une faim vigoureuse, ambitieuse, prometteuse, harmonieuse, qui n'a plus rien à voir avec les aliments proprement dits. On nous refile de nouveau le menu qui tremble entre nos mains. L'avidité de Constance est la réplique exacte de la mienne. Tout à coup je sais que nous nous ressemblons. C'est délicieux de sentir une légère ivresse monter et noircir les rameaux de notre sang. Ma tête se met à flotter à la façon d'un ballon de baudruche retenu par une ficelle invisible au muscle de mon cou. Mes joues brûlent, mes épaules brûlent, mes bras et mes seins prennent feu.

« Tu vois bien que tu ne peux pas t'empêcher de rire.

— Je ne ris pas.

— Quel caillou tu es, fait-elle encore en tourmentant son sautoir de perles.

— Je ne ris pas. »

Et voilà que je commence à me tordre sans retenue. Les larmes jaillissent. Je m'étrangle. Je tousse. Mon nez coule. Je n'ai pas de mouchoir. Constance A. me tend le sien dans un élan de sollicitude imprévu. Je me mouche, je m'essuie.

« Tu peux le garder, j'en ai un autre en réserve, maître d'hôtel apportez-nous le plateau de fromages ainsi que de la salade, calme-toi, ma fille, calme-toi, tu n'es pas tout à fait dans ton état normal ce soir, que se passe-t-il ? tu travailles trop sans doute, tu ne dors pas assez, tu as besoin de protéines, tu sais que nos corps ont besoin de protéines. Protéines : tu connais ? »

Pause, regard en flèche, puis :

« Par ailleurs, tu manques d'exercice. Comme ta mère, tu devrais faire chaque matin une demi-heure de gymnastique devant ta glace. »

Elle est ridicule. Elle est touchante. Elle le sait mais rien ne l'empêchera d'aller jusqu'au bout.

« Regarde mes bras, poursuit-elle en retroussant ses manches, ils sont restés fermes. »

Ses bras sont gélatineux, vidés, plissés.

« Tu es la plus belle femme que j'aie jamais vue », dis-je sur un ton de conviction pénétré qui m'épate moi-même. Que ferait-on sans le recours du mensonge ?

Elle se met de profil sans pour autant me lâcher de son œil enflammé. Ce n'est pas la grossièreté du mensonge qui l'indigne mais plutôt mon accent louangeur d'une subtilité feutrée. Je suis allée trop loin, c'est évident. Elle trouve la parade :

« Écoute. C'est la mort de John qui m'a brisée. Sache que cela a mis un certain temps. Au début l'usure se manifestait avec prudence et, comment te dire, délicatesse, comme pour ménager mon amour-propre. La peau de mes joues s'est fripée, mon menton s'est défait, par savantes petites touches je me suis transformée en une espèce de puzzle raté. »

Ai-je réellement perçu de telles déclarations ou bien les ai-je inventées ? Par contre je suis certaine que l'ombre de ces paroles filtre d'entre ses paupières noircies pour venir m'attaquer comme un acide. Telle est sa façon de me confier sa terreur de vieillir.

À la minute où l'on dépose entre nous les fromages, s'agit-il encore de son rapport à la vieillesse ? Absolument pas. Le simple fait de manger de bonnes choses, aurait-il une relation directe, intime, avec la mort ? Nous y sommes.

John, mon petit frère... L'an dernier, le jour de Pâques, nous l'attendions pour le rituel déjeuner en famille. Aria et les enfants sont arrivés seuls, John n'était pas encore rentré de son bref séjour en Hollande expliquait rageusement l'épouse, il n'avait même pas appelé de là-bas pour prévenir qu'il aurait du retard, il était toujours et partout en retard, il adorait se faire désirer, il y mettait son point d'honneur, ainsi pensait-il dominer les gens, etc., bref la Suédoise n'a cessé de se plaindre jusqu'au dessert avant de filer avec ses affreux rejetons, ce qui nous a soulagés. L'intimité retrouvée nous plongeait dans le bien-être d'une vacuité bannissant l'angoisse, et nous avons terminé ce jour de fête avec gaieté.

La nouvelle nous est parvenue le lendemain, depuis un petit bourg de la Frise : on avait repêché le corps de John dans un canal. Sur la berge traînait son sac à bride contenant les papiers d'identité, un peu d'argent, des notes concernant ses travaux de professeur d'anthropologie.

Va-t'en, mort de John, je ne veux pas de toi ce soir !

Le hideux fantôme insiste. Constance le sait : elle s'est ratatinée bien que je n'aie rien *dit.* Elle a senti que la mort de John vient de s'incruster ici, bien vivante et provocante et digressive, en toute impunité. La mort de John veut éclairer la mère et la fille sur le processus qui mènerait le garçon jusqu'à la décision d'en finir : lui-même en avait ignoré les étapes. La mort ne serait pas la mort mais une simple annexe de la vie qui, enfin-enfin, lui aménagerait un nid sur mesures, et son projet n'avait rien de désespéré, au contraire. Le plus sûr outil de l'espoir n'est autre que l'inconscient, celui-ci étant plus robuste que la volonté. L'inconscient du « presque-mort », du « bientôt-mort » prend les contours veloutés d'un rêve dont on ne sortira plus, toute volte-face étant impossible. Voyage ! Voyage ! Fête du repos en perspective ! Estuaire de loisirs ! Horizons ! L'homme comprend l'urgence de rejoindre la moelle originelle de son lit de bébé...

Sur le moment, le coup ne m'avait pas vraiment atteinte. Je me bornais à revoir certains épisodes de notre enfance bagarreuse, tendre et jalouse. Un jour, nous nous étions battus comme des loups et je l'avais mis knock-out avec aisance parce qu'il était aussi fluet que j'étais vigoureuse. Je m'étais assise sur son ventre en déclarant : « Il est abominable qu'un homme et une femme puissent mettre au monde plus d'un enfant. » Il était par conséquent l'enfant superflu, ce qui nous avait ébranlés de stupeur. À partir de là nous aurions dû refuser de grandir et nous serrer l'un contre l'autre. Par anticipation nous nous serions entendus comme larrons en foire dans la perspective de la mort. Le temps s'arrête alors, il n'existe plus, une accommodation de points de vue permet de massacrer les remords et les regrets, on triomphe des foutaises qu'une morale abjecte nous serine tel un disque nasillard qui a trop longtemps servi.

Dans le bureau de John dont il avait fallu forcer les serrures on avait découvert le manuscrit d'un recueil de poèmes, aucun d'entre nous n'en avait connaissance : une lettre était collée au revers de la chemise en carton rose nouée par un ruban, et cette lettre m'était adressée, je l'avais emportée chez moi pour la lire sans témoins. John m'y demandait de le faire éditer. Il avait donc choisi sa sœur comme exécuteur de son vœu ultime, de son ultime ambition cachée, autoritaire, chagrine, déçue. Les poèmes étant médiocres, je me suis bornée à les ranger dans ma bibliothèque, meilleur moyen de les oublier.

Le vin est un sang presque noir, frais et musclé, celui de notre jeune mort.

Constance en absorbe une gorgée en clignant des yeux : elle me conseille ainsi de nettoyer les replis de ma mémoire qu'elle juge malsaine. Tout deuil a ses limites, on paie ce qu'on lui doit, ensuite stop ! la sensualité reprend ses droits. Elle essaie de me déstabiliser, me faire caler dans mon rappel de son fils. Raté, ma mère.

« Sage, Shadow », murmure-t-elle en caressant la chienne qui vient de se réveiller.

Elle a peur de moi. Je me prépare à la détester : il faut aller jusqu'au bout des froids mortels de la pensée ou de ses chaleurs torrides. Mais non, je ne la hais pas ! Je ne la haïrai jamais. Je devrais m'enivrer de temps en temps. Les ténèbres de l'alcool sont des allumeuses érotiques.

Justin, qui n'était pas buveur, s'envoyait parfois ce qu'on nomme une cuite, et je lui manifestais ma réprobation. Sa réaction consistait alors à me faire gaiement l'amour. Par conséquent je suis tentée d'aimer Constance, ce qui serait un comble.

Mon regard reste planté dans le sien.

Révélation : Constance A. n'est pas une femme quelconque parmi tant d'autres femmes. Elle est la Femme majuscule, le Modèle exclusif que le destin m'a réservé, choisi, extrait de la masse où grouillent des milliards d'interprétations que nuancent la méchanceté, la sournoiserie, la méfiance. Arrachée à la côte d'Adam et surgie du fond des âges, la puissante et belle Constance A. poursuit son voyage historique dont je suis l'aboutissement. Enfin elle s'arrête. Car si je suis son but, je suis aussi l'obstacle majeur. Ève-Himalaya n'en revient pas d'avoir commis à l'égard de sa fille un nombre incalculable de gaffes. Elle n'en a pas conscience, ça fait partie de son charme. S'il lui arrive d'être effleurée par le soupçon de s'être trompée, elle veut bien admettre qu'elle pourrait en souffrir, mais ça ne va pas plus loin : elle a la science infuse de la dissimulation à force d'orgueil. Sa tentative pour sauter par-dessus l'indépassable (toujours moi, Shadow) avorte. Grâce à la moue farceuse que je sais donner à mes lèvres quand cela peut nous rapprocher, elle note en douce la démesure de son échec.

La voilà soudain fragilisée, amenuisée, attendrissante, affectueusement réaliste :

« Que dis-tu de ce roquefort ! »

Sa voix descend d'une octave, elle remonte les épaules, elle n'a plus de cou, les bras collés contre ses flancs elle manipule avec délicatesse fromage et pain, beurre et couteau en vue d'une bouchée appétissante. Elle est si émue qu'on la croirait endormie et rêvant à ciel ouvert. « D'accord, tu peux rêver tout en mangeant, pas de problème, me dis-je. Ce que tu ignores encore, ma chère mère, et ne découvriras que par la suite, c'est que tu m'as mise en condition. »

« Écoute, écoute, me dis-je aussi (mais elle n'écoute pas), je subirai sans scrupule la lancée circulaire des répétitions, des illogismes et des contradictions dont j'ai le droit d'être à la fois la périphérie et le centre. »

6

Constance résiste

Shadow est loin de s'en douter : je me prépare à subir la lancée circulaire des répétitions, des illogismes et des contradictions dont je serai à la fois le centre et la périphérie. Résister est vain.

Je n'ai plus faim. Pourtant je continue à manger. Pas de meilleure tactique pour donner à ma fille l'exemple d'une moralité à laquelle elle ne croit pas. Elle s'empêche de m'estimer. C'est mal. Je n'ai pas le droit de critiquer sa dureté, c'est certain, puisque la mienne est dix fois plus aiguë. Dans le fond je suis plutôt fière de l'avoir faite ainsi, bon sang ne saurait mentir.

La saveur du roquefort pénètre la langue et le palais, l'arrière-nez. Premier choix. Demander au patron l'adresse du fournisseur. Moelle ardente de cette chair finement veinée fondant vers le tunnel de nos alambics aux poches profondes. Merci mon Dieu pour de telles délices qui coûtent si peu d'argent ! Je crois en toi, Dieu. Tu nous enseignes l'humilité. L'être humain est assez idiot pour chercher les plaisirs difficiles : il a tendance à compliquer ses désirs (caviar, foie gras, etc.), il estime que la simplicité d'une toute petite jouissance de gorge est synonyme de pauvreté. Pauvreté organique, pauvreté métaphysique. Oh l'erreur ! Oh le péché ! Oh l'ingratitude ! Oh l'aveuglement ! Moi, Constance A., suis persuadée qu'une seule bouchée de bon fromage rayonne d'une haute portée spirituelle. Le dehors, qu'assimile mon dedans par glissements chaleureux, est l'équivalent d'une prière exaucée.

Le sourire évanescent de Shadow me déplaît. Il est évident qu'elle se laisse emmailloter dans la pensée de son frère. Or moi je dis : à bas les morts. En prenant la décision de se supprimer, John Memory n'a pas compris qu'il se transformait illico en vieillard gâteux. Tout suicide renverse l'ordre du temps. Jaillis hors du rang, les descendants rejoignent d'un bond leurs ascendants putréfiés. Dès lors Constance A. se voit déshonorée, comme si elle n'avait jamais accouché d'un mâle, la disparition délibérée de son fils l'a mise au monde. Puisqu'il s'est soustrait d'un coup sournois au flux génétique, il a fait de moi une pécheresse. Je ne lui pardonnerai jamais. Je me vengerai de cet attentat qui m'a déliée de tout devoir d'amour. Quoi qu'en pense Shadow, le sabordement de son frère m'autorise à récupérer une jeunesse qu'à tort je croyais perdue.

Mon charme irradie.

Je n'aurais qu'à lever le petit doigt pour qu'une armée d'amoureux potentiels accoure et se roule à mes pieds.

Un couple d'une trentaine d'années s'installe à la table d'à côté. Bonne femme affreuse, elle doit avoir ses règles, son mal d'entrailles se lit sur sa figure. Par contre l'homme est superbe malgré un léger strabisme. M'a-t-il remarquée ? Non, il regarde la grosse caissière juchée sur son trône. Si, c'est moi qui l'intéresse parce qu'il a perçu que je m'intéresse à lui. Son coup d'œil sur mes cheveux, mon cou, ma poitrine, sa douce moitié n'existe plus. Inventons ! Inventons ! L'imaginaire seul réduit en cendres les saletés de la vie.

Autrefois Ralph et moi séjournions l'été à Barcelone dans un hôtel des Ramblas, et le soir nous montions au sommet du Miramar pour y prendre un verre. J'avais repéré un monsieur seul qui y avait ses habitudes. Très chic, cheveux argentés, teint brun, grand front nu, il lisait son journal puis sifflait son chien — un lévrier afghan qui disparaissait dans les buissons en pente vers la mer. « Gala, ici ! » hurlait-il sur un ton aigu féminisé. Chaque année nous le retrouvions à la même place tout comme si nous étions les figurants d'un film qui n'en finissait pas. Nous nous lancions des regards fléchés pâles. J'avais Ralph à mon côté, moi, alors que le monsieur chic n'avait personne. Cela ressemblait à un émouvant statu quo d'une relation qui n'en serait jamais une, la question était réglée. C'était beau, c'était triste, c'était magnifique d'imaginer que nous aurions pu vivre ensemble une fulgurante aventurette, pourquoi pas ? Dieu que j'étais fringante à l'époque dans mes robes à bretelles et mes jupes volantées ! J'aurais quitté mon Ralph adoré sur un coup de tête, pourquoi pas ? « Sur ton cou large et rond — Sur tes épaules grasses — Ta tête se pavane avec d'étranges grâces. » Pendant la sieste de Ralph qui souffrait de la chaleur, je filais me balader jusqu'au port. Les hommes m'abordaient avec des mines de galopins téméraires en me soufflant à l'oreille : « Que precio ? », mon air excédé cachait mal mon orgueil — être prise pour une putain, désir inavoué de toute femme qui se respecte, rien de meilleur au monde, j'étais une reine traînant derrière elle la ville entière avec ses boulevards chatoyants et ses jardins exténués sous la canicule. Ralph sortait de son somme quand je le rejoignais à l'hôtel. Mon pauvre amour tout bouffi et tout en sueur aurait pu passer pour mon père, il me serrait dans ses bras et je pensais : voilà comment on traverse les jours, les mois, les années, les nuits en ignorant les splendeurs de chaque instant de hasard riche de certitudes incertaines. L'inconnu du Miramar est peut-être mort depuis, et son lévrier sûrement. C'est court, une vie de chien, n'est-ce pas ma Pillow? À six ans tu atteins ta jeune maturité, qui sait si ce n'est pas toi qui enterreras ta vieille maîtresse. Je le souhaite si fort! Ton poil est une vraie soie, tu sens bon, je t'ai aspergée de parfum avant de sortir, ta truffe a la fraîcheur d'un fruit noir, je t'adore, petite bête, tu es ma vraie fille, Shadow n'étant qu'un fac-similé. J'ai beau lui conseiller d'être coquette, elle se fiche de ses habits, elle ne se maquille pas, elle fait ses quarante-cinq ans, tant pis pour elle. Quant à sa vie privée, j'en ignore tout. Sans doute quelques liaisons plates et sans lendemain depuis le départ de Justin. Elle a dû souffrir, la pauvre.

Justin K. le peintre-marin qui rêvait d'horizons lointains.

Justin qui fut mon Justin pendant un bref laps de temps, et personne ne l'a su. Attention, gardons les yeux baissés.

Justin K. le Hollandais, l'ami de mes enfants qui venait tous les jours à la maison. Il s'entendait si bien avec John et Shadow que leur trio formait un monde à part, hors mots. Si j'entrais à l'improviste dans la chambre de John, vrai repaire de pirates, ils me tournaient le dos avec hostilité. Il a fallu l'irruption d'Aria pour faire tout basculer, elle a mis le grappin sur mon fils, catastrophe à laquelle Shadow et Justin ont survécu en « se mettant ensemble » comme on dit, pouah, sans se rendre compte qu'ils commettaient ainsi une sorte d'inceste au second degré.

Le fait d'être rassasiée lui donne de l'éclat. Elle doit avoir aussi son château intérieur. Émouvant d'imaginer que chacun possède une résidence d'âme annexée au corps. La vie consiste à l'aménager le mieux possible, en chasser les intrus : on est le roi. À quoi rime cet effort puisqu'on n'est qu'un locataire de passage ? On n'a pas choisi d'y entrer, on ne désire pas en sortir. Dilemme. C'est dur de se rapprocher de l'expiration du bail. On s'accroche. On réclame une prolongation exceptionnelle. On est prêt à payer le prix fort. On tremble en explorant de la cave au grenier ce château précieux où s'entasse un matériel encore ardent. On s'estime capable d'en extraire des sons, des couleurs, des jus, des odeurs nouveaux. Vibrants souvenirs pleins de fraîcheur. « Sigh » comme dirait Ralph. Tu es là, Constance A. Tout s'organise alentour comme si je me tenais accoudée à l'œil-de-bœuf du néant.

« Œil-de-bœuf » est une trouvaille.

Je m'entends déclarer en riant :

« As-tu remarqué que certains mots sont tombés en désuétude ? Oh les malheureux ! Ils ressemblent à des condamnés que l'on parque dans le couloir de la mort avant l'exécution.

— Des mots condamnés à mort ? »

Elle avale une bouchée de travers, elle est secouée d'une quinte de toux, elle plonge le visage dans sa serviette.

« Bois. Ça va passer. Un exemple entre mille : "œil-de-bœuf". » (Elle rougit comme si je l'avais giflée.) « Débilité d'un terme qui n'a plus de sens aujourd'hui. »

Elle est effrayée parce qu'elle n'est pas d'accord, et cela m'irrite. Elle craint mes colères, et l'éventualité d'un esclandre en public. Aussi s'empresse-t-elle d'ajouter que j'ai raison, raison, raison, « œil-de-bœuf » à la poubelle !

« Tu devrais suggérer à ton Arménien de Tours l'idée d'un dictionnaire des mots hors d'usage. On l'intitulerait : *Les obsolètes*, hein ?

— Fan-tas-tique ! fait-elle avec une véhémence boudeuse.

— On y trouverait un tas d'expressions déchues : malandrin, paltoquet, morbleu, tenir la chandelle, fleur au fusil, vélocipède, brûle-pourpoint, sabre au clair, hue, ho, dia ! ruer dans les brancards, ventre à terre, bec de gaz, ouf, des milliers d'autres... Tu devrais t'en occuper, c'est toi l'écrivain de la famille. »

Touchée au vif de son complexe d'échec, elle déplace de cinq millimètres la corbeille à pain. Ses fameux dons littéraires n'ont rien donné. Ralph et moi avions parié qu'elle nous couvrirait de gloire, oh Shadow Memory et ses best-sellers traduits dans le monde entier, radios, télévisions, conférences, colloques, et ce soir entre autres des dizaines d'admirateurs collés à notre table pour un autographe, et moi sa discrète petite maman qui jubilerais à l'écart...

Le serveur intervient sans le savoir. Il propose la carte des desserts dont il vante certains articles sur un ton d'obséquiosité dédaigneuse à rendre jaloux les meilleurs comédiens. Cet imbécile se prend pour un chef. Gourmette en or. Trop beau pour être d'ici. L'actualité nous fait apprécier ce type d'homme, cheveux d'ébène, front bas, teint basané, sourcils épais, nez gras. Ah! les nez, les nez m'attirent. Condensé sensuel de l'individu. La bouche, les oreilles, les yeux en sont les corollaires abusifs : à la limite on n'a pas besoin d'eux pour se faire une idée d'ensemble. Ah l'aplomb des nez apportant à l'édifice de la tête sa coupure en relief aventureux. Troisième dimension jaillie hors du plan de l'image...

La fille assise en face de moi (et qui, par hasard, est la mienne) serait étonnée de mon dérapage sur les nez.

Elle a beau me scruter avec méfiance, elle ne saura rien. Elle a dû le sentir. Elle se détourne en tirant de son sac, à gracieux gestes saccadés, un paquet de cigarettes et le briquet plaqué or, dernier cadeau de son papa. « Cher petit papa », doit-elle se dire en procédant, tchik tchik, à l'allumage. Et la voilà qui pince le léger cylindre blanc entre l'index et le médius avec un joli retournement du poignet avant de le porter à ses lèvres. Je suis tout attendrie par ce geste intercalaire, gratuit, souple, nonchalant et parfait, accompli comme en rêve. Geste si banal que personne n'aurait l'idée de le noter, sauf moi. Geste indiquant le discret passage de l'avant à l'après. Coulisse d'un exploit inouï bien que nul.

Jeu de la cigarette s'allumant à la première bouffée : noblesse, élégance, charme, indépendance qui conviennent à n'importe qui pendant une ou deux secondes.

« Tu fumes trop, *chérie.* »

Est-ce moi, Constance A., qui profère ce mot? D'ordinaire je le lâche au compte-gouttes comme s'il s'agissait d'une précieuse drogue homéopathique. D'instinct, l'instilleur et l'instillé redoutent l'agression d'une dose excessive.

La *chérie* réprime un sursaut que je suis assez fine pour enregistrer au vol.

J'aimerais la rassurer. Par conséquent me rassurer moi-même.

Shadow serait-elle une *chérie*?

Ça laisserait supposer que le cordon ombilical n'a pas été coupé dès la naissance avec le tranchant qu'on croit.

À moins que ce fameux cordon de chair et de sang liant la mère à son bébé ne soit doublé, en fait, par un second cordon, invisible celui-ci donc intouchable, inusable, assez élastique pour supporter n'importe quelle torsion, n'importe quelle tension : il résistera aux innombrables tentatives de rupture.

Dans ce cas, ma *chérie* de ce soir serait toujours la *chérie* miniature ébauchée il y a quarante-cinq ans. À moins que mon raisonnement ne soit faux. Il n'est pas faux.

Elle cherche à se donner une contenance en manipulant de nouveau le briquet, tchik tchik, sans me lâcher du regard, ce qui serait un début d'acquiescement, de soumission gentille, et même d'ouverture.

La subite ardeur des yeux de ma fille échauffe le cœur de mes propres yeux. L'avant-sentiment d'un bien-être me soulève, presque aussi concret que si des mains voulaient assouplir mon vieux corps. Je dois m'abandonner. Mon premier réflexe est celui du combat, non pas offensif mais défensif. À Bruxelles, j'avais trois ans quand mon père est mort. Je ne l'ai donc pas connu. Son cadavre seul m'a servi de bouture et d'engrais, ce qui m'a permis de grandir comme une plante menacée bien que protégée. Adeline n'a jamais deviné ce genre de subtilité. Moi non plus d'ailleurs. D'où la facilité plombée de nos rapports.

Ralph, mon vieux Ralph... (car nous sommes vieux, soyons francs) il est tard. Tu t'es couché sans attendre ta petite femme? J'ai oublié de recoudre l'ourlet de ton pantalon de pyjama, pardon ! À moins que tu ne sois resté au salon pour relire les derniers numéros de ton *Journal des jeux de hasard* que tu connais pourtant par cœur. Ta vie ressemble à un échiquier immense déroulé sous tes pas, c'est le dieu Hasard qui s'en est occupé parce qu'il savait que tu t'y soumettrais sans condition et sans hâte d'une case à l'autre, d'une case à l'autre. Tu n'as pas eu tort. C'était la seule solution. Tu as eu de la chance, mon vieil amour chéri, de me trouver sur ta route à l'époque, monsieur Hasard t'a dirigé jusqu'à moi dans la cohue de la Grand-Place pour faire une fleur au soldat anglais abandonné. Monsieur Hasard était content de sa recrue : estimable, malléable, aimable, agréable, aussi sa générosité de manœuvre n'a jamais failli. Rien n'a troublé ton itinéraire. Preuve que le temps est de la frime. L'erreur de tactique de notre fils John, c'est qu'il s'est rebellé, lui, dès l'enfance contre monsieur Hasard. Voilà ce qui l'a perdu. En ce sinistre dimanche de l'an dernier, il croyait encore pouvoir le battre en combat singulier au bord de ce canal du Nord. Je le vois : pris dans les méandres d'une réflexion butée, il s'empêchait de bouger avec l'espoir de faire voler en éclats une énigme jusqu'alors insoluble. Il n'avait plus qu'à l'attendre, appuyé au parapet de ce petit pont. La lumière brunissait en ce soir de faux printemps sur l'île gorgée d'humidité. Le vide princier du ciel était rayé par le vol des mouettes descendant en piqué jusqu'à l'eau avec la grâce paresseuse et raidie de ballerines épuisées.

S'il s'était trouvé dans les parages un individu quelconque, fût-ce un demeuré mental, un criminel, un clochard, un étudiant, un héros sportif, un duc, un roi, le roi du monde en personne, cet individu aurait tout perçu en éclair. Le dos penché de John et ses bras crispés sur la pierre auraient révélé le pourquoi et le comment de la situation. Il se serait précipité jusqu'à John. Il aurait tendu les bras au presque-mort, au bientôt-mort. Il l'aurait serré contre lui pour le retenir.

J'invente de toutes pièces les images d'une réalité que je n'ai pas vécue. Elles sont utiles parce qu'elles propagent ici leurs vibrations sourdes, leur mouvement est peut-être lié à mon rendez-vous de ce soir, mouvement léger-léger nous détachant Shadow et moi de la grande salle bourdonnante.

7

Shadow écrase

Y aurait-il l'amorce d'un mouvement lié à la rencontre de ce soir ? Je sens les choses bouger, bouger. Quelles choses ? dans quel sens ? Je n'en sais rien et je ne veux pas le savoir. Excepté que Constance et moi sommes détachées de la banale inertie d'un repas quelconque.

« Que dirais-tu de profiteroles au chocolat ? elles sont excellentes ici. » (Ton de commandement.)

« Je préfère une compote de pommes. » (Ton de sourde hostilité.)

« Ah, une compote de pommes ? » (Ton persifleur.)

« Une compote de pommes. Tu n'as rien contre ? » (Ton de bravade.)

« Absolument pas. » (Ton de reproche.) Et la voilà qui passe la commande avec un air de séduction qui la fait ressembler un moment à Joan Crawford, son idole de jeunesse. « Compote de pommes pour madame, profiteroles pour moi. »

La tête se penche sur l'épaule droite, les yeux se bombent sous l'arc des sourcils noirs, la bouche est une ventouse écarlate, il ne s'agit plus d'obtenir un simple dessert mais d'interpréter le premier rôle d'une tragédie à l'antique pour y jouer son destin. Pourquoi pas ? Ce qui m'irrite, en fait, c'est sa façon traînante d'avoir prononcé *madame* en me désignant au serveur gourmé. Allusion bourrée de sous-entendus. Elle, qui vit en situation irrégulière avec papa depuis près d'un demi-siècle, n'a jamais cessé d'aspirer, romanesquement, au légitimat. Elle a tenté sans succès de persuader Ralph Memory. Elle a fini par se résigner. Les jours se sont enfilés aux jours en portant ce couple étrange à la crête d'une vague de temps fixe. Bien que vieux aujourd'hui, mes parents sont restés d'infatigables jeunes amants sur lesquels la vie n'a pas de prise. Alors, Constance A., choquée jusqu'à la moelle par mon état déterminé de célibataire, essaie de m'atteindre à travers sa propre blessure de frustration.

« Je vous déclare unis par les liens du mariage. »

Alexandrin de magie pure frénétiquement désiré par n'importe quelle femme, riche ou pauvre, sage ou folle, virginale ou putain.

John et moi avons tout ignoré de ces deux corps illégaux : nous n'avons pas cherché à savoir. Ils étaient deux, nous étions nous. Nous étions tentés parfois de crier « papa, maman » pour briser l'obstacle qui nous séparait de leur clan. Nous ne l'avons pas fait.

Le problème s'est résolu sans effort quand nous sommes devenus de petits adultes, c'est-à-dire de vieux sages avant la lettre, dès l'entrée de Justin K. dans nos vies. Il nous raccompagnait à la maison après les heures de lycée, il faisait répéter ses leçons de sciences à John. Immédiatement notre trio s'est transformé en un vrai monde en forme de triangle. Et je ne découvre que ce soir, oui, ce soir, le pourquoi profond et rieur de ma prédilection d'enfance à l'égard de cette figure de géométrie plane. Le triangle signifie la probité, la droiture, la pudeur, la sécheresse dépassant de loin une question de pur graphisme. Toute petite, j'étais attirée déjà par le mystère que pose à l'esprit un jeu de lignes inflexibles tendues vers un inévitable point de jonction.

Il m'arrivait souvent de me dire tout bas, comme une sorcière en transe joyeuse : « le sommet du triangle, le sommet du triangle » dont rayonnait une féerie exploitable à l'infini. À mon sens le sommet du triangle prenait l'acuité d'un choc, le velouté d'une secousse, la plénitude exquise d'un aboutissement.

Aussitôt Justin K. est devenu pour les enfants Memory ce fabuleux point d'intersection morale, et nous nous sommes mis à l'aimer sans comprendre.

Qu'est-ce que je raconte !

Bien sûr que nous comprenions, selon les normes de la cécité extralucide de l'adolescence.

Il nous racontait son île natale à l'extrême nord de la Hollande. La gaieté nostalgique de ses souvenirs l'auréolait d'une tournante odeur de ciel, de sable, de vagues et de vent. Il était grand, large d'épaules, avec des poings épais mis au service d'une douceur d'ange. Ses yeux, du même gris-vert que les miens, rappelaient certains masques chinois. La bouche bien ourlée souriait peu. Il nous emmenait parfois dans l'atelier d'artiste, glacial en hiver et torride en été, qu'il occupait avec sa mère malade : elle n'en quittait jamais la galerie, de telle sorte que nous ne l'avons pas connue. Nous l'entendions gémir quand son fils montait la rejoindre. Leur mutisme était fascinant. Sans doute échangeaient-ils des confidences par de simples regards, des gestes réservés. Cela nous touchait dans la mesure où nous les comparions à nos propres rapports de famille toujours secoués de bagarres humiliantes. Dès que Ralph et Constance commençaient à s'insulter, nous courions rejoindre Justin qui savait nous replonger dans une léthargie heureuse. Il consacrait ses temps de loisir à peindre. La peinture, déesse du silence. Le jeune homme remplissait ses tableaux de voiliers vus de profil, fendant la mer tantôt orageuse sous un ciel tourmenté, tantôt lumineuse et calme.

Il n'avait pas besoin de nous expliquer sa passion pour le grand large. Sa palette et ses pinceaux, les couleurs crues ou sourdes portées sur la toile étaient autant d'aveux, des conseils et surtout son désir de passer un jour, un jour, de l'autre côté de l'horizon à bord d'un vaisseau dont il serait l'artisan fou : ébéniste, tisserand, polisseur de cuivres, raboteur de mâts, de planches, d'escaliers, de poutrelles.

L'agacement noue les traits de Constance A., le service est trop lent, prétend-elle. Mais sa contrariété vient d'ailleurs : elle me voit descendre en moi-même pour m'y promener seule, ce qui est inacceptable. Elle a peut-être deviné que j'avais pris John et Justin pour comparses, donc elle enrage.

Elle apostrophe un innocent serveur qui passe à distance, un plateau de fruits de mer en équilibre sur les cinq doigts de sa main droite. Rien ne saurait empêcher ma chère mère d'être une ultra-vivante statue du reproche.

Holà ! Est-ce bien moi qui ai pensé « chère mère » ? Étrange. Coller bout à bout *chère* et *mère* mérite réflexion.

Je me lève avec une raideur que je souhaite agressive. Et je m'entends dire :

« Excuse-moi, j'ai besoin de pisser. »

Son haut-le-corps indigné :

« Ta trivialité de langage me stupéfie. Ce n'est pas à la maison que tu as pêché ça. Tu ne peux pas dire “faire pipi” comme tout le monde ? »

Au sous-sol traîne un parfum de propreté chimique écœurant, lequel ce soir me rafraîchit et me réconforte... Le miroir du lavabo me renvoie l'image d'une personne qui est moi, pas de doute. Deux plis partant du nez coupent l'arrondi des joues qu'aimait tant caresser Justin. Ma peau trop pâle se charge d'exprimer la fatigue, de vieux chagrins refoulés, l'angoisse aussi. À qui la faute ? À Constance A. Pourquoi n'est-elle jamais bien nulle part ? Pourquoi veut-elle toujours se trouver ailleurs ? En interrogeant mon reflet, c'est le sien que j'interroge, les vibrations de nos nerfs se confondent, effaçant les contradictions apparentes : autant elle redoute la vieillesse, autant la mort lui importe peu. Dans un sens elle n'arrête pas de se jeter à corps perdu en avant d'elle-même pour s'étourdir. De l'autre elle s'arrange pour reculer. Émouvante et puérile, oui.

Ces lieux d'aisances aux néons froids sont stimulants.

Comme d'habitude je choisis le cabinet à l'extrême gauche de la rangée.

La lunette est encore tiédie par le derrière de la visiteuse précédente, j'aurais aimé connaître sa physionomie.

À l'époque de Justin, quand je lui succédais sur le siège sa chaleur était la paix. Et je prolongeais au maximum ces minutes d'intimité obtenue à peu de frais.

Mon bien-être est si profond qu'après mon pipi s'annonce la suite, fait rarissime le soir. Bon ça. Tronc allégé, aéré par le bas, je suis sur le point de m'aimer. Passer avec tant de naturel des fonctions organiques à celles de la pensée me paraît miraculeux. « La vie est une pure merveille », dis-je entre haut et bas à la Shadow de la glace. Cela suffit à réactiver le souvenir de Justin 1967, année du départ de John et d'Aria (fortement enceinte déjà) pour les États-Unis. Notre triangle volait en éclats. Le Hollandais et moi, désorientés, nous sommes jetés dans les bras l'un de l'autre, non par amour mais pour mettre en commun nos mutilations. Une fois sa mère morte, il est venu s'installer chez moi. Presque à notre insu nous avons commencé à nous attacher vraiment. Enfin, je dis : attacher. Que signifie en fait aimer ? être aimé ? Pas de réponse à cette question aussi grave qu'idiote. Bref, ce qui nous unissait par-dessus tout, c'était la pensée, la pensée constante de John dont nous attendions les lettres avec fébrilité, avec faim. Il nous précisait quelques faits étalés dans le temps : ses cours d'anthropologie, ses étudiants et ses collègues, la naissance des enfants, le roman auquel il s'attaquait et qui compterait plus de mille pages, etc. Jamais il n'était question de sa femme, on pouvait croire qu'elle n'existait pas, ce qui nous comblait d'aise. D'ailleurs chaque lettre paraissait contenir deux messages, l'un pour l'ami Justin et l'autre pour la sœur. De telle façon que des phrases toutes semblables prenaient un double sens dont nous saisissions les nuances au quart de tour. Justin se réjouissait du sien, je me réjouissais du mien. Une seconde présence (fluide, fragile mais convaincante) se substituait à l'absence d'un garçon dont nous avions besoin.

Mon rêve, là, dans l'immédiat, serait d'occuper la place de madame pipi. Le local hygiénisé deviendrait mon palais de faïence et de nickel bien éclairé, je ne remonterais plus là-haut, je profiterais mieux ici de mes trésors personnels que le grand jour a tendance à ternir. Pourboire dans la soucoupe. Merci, madame. Au revoir, madame. Réduction maximum des rapports humains.

Réalité : jour empourpré de la grande salle.

Lustres, appliques et miroirs arrachent aux diamants de ma mère mille feux pointus... Ce que je n'avais pourtant pas prévu : Constance est sur le point de m'attendrir. Quand elle est seule son buste se raidit, ses épaules s'effacent, sa coiffure est un gâteau de parade, et la voilà qui ressemble à certaines saintes vierges pudiquement sensuelles de la Renaissance. Malgré moi je vais être entraînée en direction d'une sorte de fête à la fois désirée et crainte. Il est possible encore de s'y dérober, en dépit de l'affaiblissement de mes forces de résistance. Il faudrait vouloir.

Vouloir ? rhétorique de l'impossible.

Elle savoure son assiettée de profiteroles sans m'avoir attendue. Une femme gourmande est toujours belle. L'aliment aspiré par la bouche prend une préciosité qu'on peut qualifier de religieuse. Les paupières baissées frémissant à peine sont un voile un peu divin. Constance est installée sur un pavois.

« Ta compote est bonne ? »

Sainte Constance m'observe avec son regard pénétrant des grands jours.

John Memory avait eu ce même regard intense et ténébreux en nous annonçant son départ pour les États-Unis. Je l'ignorais encore à l'époque, mais ce genre de coups d'œil en biais est en fait un signal d'alarme, un appel au secours.

Il y a un an, la veille de son voyage suicidaire qui le pousserait vers le Nord, il était venu prendre un café chez moi, Nous avions échangé des propos distraits et superficiels, exprès, pour éviter l'intimité. Pourtant à la minute où nous nous séparions (je le revois avec la plus grande netteté) il m'avait lancé ce fameux regard à la fois opaque et scintillant, peut-être moins proche du sourire que des larmes. Maintenant je le sais : il cherchait à me dire, à me dire. Oui, dire ! Et moi sa sœur n'avais pas envie de l'écouter. Je repoussais sa tentative.

Soyons légers, légers et souples, songeait la tueuse de naissance que je suis. Car je suis une tueuse. Je me bornais à le dévisager avec la fausse innocence d'un voyant-voyeur irradié par son propre pouvoir d'introspection et je ne voulais rien savoir de ce pouvoir-là. Autre souvenir net : j'avais encore mes mains sur ses épaules et je lui ai demandé s'il était bien couvert, attention, le froid revient. Oui, il a enroulé sa grosse écharpe autour de son cou, je n'avais pas à m'inquiéter. Ensuite nous nous sommes dit « À bientôt, on s'appelle » sur le ton neutre et distingué des gens qui s'entêtent à refouler les mots vrais, les mots bons, les mots libérateurs. Ça lui permettait de se comporter comme un traître en face de moi, l'imbécile.

« C'est trop, beaucoup trop lourd, déclare Constance A. en repoussant son assiette vide.

— Qu'est-ce qui est lourd ?

— Tout ça, tout ça... je n'en peux plus. »

Geste élargi du bras, mains posées sur sa gorge comme pour se protéger d'une tentative d'étranglement. Sa brusque attitude de suppliante débile me plaît. La comédienne est géniale. Son jeu mériterait un autre décor que celui d'un restaurant banal. Je m'imagine seule auprès de cette femme dans mon joli chez-moi bien clos, bien capitonné. Elle apprécie le repas que je lui ai préparé, elle s'enfonce parmi les coussins du divan. Je sers le café. Elle en porte une première gorgée à sa bouche en faisant un petit bruit de succion, mmm, c'est bon, et je vois palpiter ses narines un peu grasses et très blanches. Je suis incapable de maîtriser le tremblement de mes mains. Ou plutôt j'en serais incapable. D'un geste précautionneux elle reposerait la tasse vidée sur la table basse tout en me scrutant avec surprise. Mes mains s'élèveraient d'elles-mêmes, comme appartenant à un corps étranger. Elle étoufferait un léger rire avant de se tamponner les lèvres avec soin. Mes mains avanceraient dans sa direction. Je la verrais se caler mieux parmi les coussins. Je serais frappée par l'éclat de sa peau de femme repue. Elle froncerait à peine les sourcils. Un frisson que je serais seule à percevoir lui crisperait le menton tandis que mes mains continueraient à se tendre. Le sang se retirerait de ses joues. Ensuite le sang refluerait. Le visage (front, oreilles et cou compris) se teinterait de rouge sombre. Elle commence à saisir ce qui pourrait se passer. Mes mains de plus en plus rapprochées, massives. Seulement alors elle ébaucherait un cri. Ou plutôt l'idée d'un cri, la supposition d'un cri, le ratage d'un cri. Mes mains lui prendraient la gorge. Serrer. Serrer plus fort. Serrer avec froideur. Attendre l'enflure de l'artère. Ne pas se presser surtout. Guetter la tension, le spasme, observer la tétanisation arquée du torse, les derniers soubresauts précédant un brutal relâchement des muscles. Voilà. Mes mains de meurtrière soulèveraient avec une délicatesse toute romantique le voile ayant caché jusqu'ici la tête et le buste de ma victime.

Victime idéale qui n'a rien de commun avec la Constance A. me fixant de ses grands yeux intrigués. Elle demande si je me sens bien, elle me trouve un peu pâle et les traits tirés.

« Tu devrais voir un médecin, il te conseillerait des fortifiants, tu travailles trop, est-ce que tu dors bien ? »

Ce n'est pas elle que je viens d'étrangler. Ce n'est pas le corps meurtri de ma mère que j'ai abandonné sur mon divan mais l'héroïne du roman que je terminerai peut-être un jour. Il stagne en ce moment. Que dis-je en ce moment ! Depuis des années je fais, défais, refais. L'héroïne se transforme. Au début je la voulais grande et flexible. Aujourd'hui je la veux grasse et paresseuse. Ses yeux de diamant noir sont devenus bleus. Je la hais. Elle va changer de sexe. J'en ferai un jeune homme pervers qui me donnera du fil à retordre. Sa mort précoce me permettra d'inscrire le mot *fin*. Je serai un grand écrivain. Je n'ai aucun talent. Style ampoulé, imagination médiocre, pas de pensée, incapacité de construire, de donner à la narration son rythme et son originalité.

« À quoi penses-tu ? »

8

Constance attaque

« À rien.

— Mais encore…

— À rien.

— Alors explique-moi la forme de ton rien.

— Mon rien n'a pas de forme. » (Rire bref réprimé de part et d'autre.)

Elle a gardé ses mains d'enfant, et je les imagine toujours — j'ignore pourquoi — en train de tracer avec application les lettres de l'alphabet. Ou bien elle m'envoie un message, ce qu'elle n'a jamais eu l'idée de faire. Quelques phrases sur une feuille de papier auraient suffi à créer le contact. Surtout au moment de la mort de John. Nous nous serions aidées à supporter l'épreuve. Elle est à cent mille lieues d'imaginer que je la revis maintenant, maintenant encore, à l'heure qu'il est. Le corps de mon fils repêché, maternellement enrubanné de mousses et d'algues… Mon fils. Mon fils unique ayant choisi de s'en aller sans vergogne. J'ai eu tort de manger ces profiteroles.

Il n'était pas heureux, je le sentais bien. Il refusait de se confier, même à sa maman. Je devrais dire plutôt *mère*, plus ample et plus significatif. *Mère* est l'équivalent de *marée*. Le mot bouge, murmure, enfle et retombe en gémissements apaisés. On ne raconte jamais rien à la *marée*, c'est-à-dire à la *mère*. Totale incompatibilité. Pourtant entre John et moi, cela aurait pu. Trop tard, trop tard ! Si j'ignore tout des morts qu'on a aimés, entourés, protégés, on en sait mille fois moins encore sur les vivants. Dans un certain sens, la mort offre un début d'explication : elle est parlante, discursive et même bavarde, elle pose une question dont la réponse est annulée d'avance et peu importe.

Qu'est-ce que je fais ici près de Shadow ?

Oh mon Ralph, j'ai hâte de te rejoindre. Je me suis souvent demandé pourquoi je t'aime à ce point et pourquoi tu m'aimes à ce point. Mistero della fede. La passion est un condensé d'innombrables néants disparates, évanescents, qui nous emballent pour la vie. Nous étions jeunes et beaux. Nous sommes vieux et laids.

J'ai besoin d'un coup de fouet, mes nerfs sont à plat et ceux de Shadow aussi, je suppose.

Elle est de nouveau blanche comme un linge. Elle serait plus belle si elle portait des bijoux. À qui donc léguerai-je les miens ? Le problème se pose. Déjà je quitte un peu le milieu de la vie dont le fleuve coule à distance, fort et brillant, porteur de sa cargaison magnifique de jeunesses et de maturités. J'entends des rires, des pleurs, des cris de révolte ou de joie, mais personne ne songerait à me convier au concert. Vieillir, c'est devenir un spectateur un petit peu mort ici et là : fatigue, courbatures, refroidissements, et l'on commence à s'économiser. J'étais d'une prodigalité insensée. Fini. Harpagon de moi-même. Dommage. J'aime tant vivre. Suis-je la seule ? Mais non : les occupants de cette salle me ressemblent tous. Nous nous accrochons au joyau de l'existence avec une sauvagerie plus ou moins déclarée, que nous soyons raffinés ou crétins. Différents en apparence. Pareils dans le fond. Chacun concentré sur son petit volcan intime. Mêmes éruptions, appétits, déchirements, fureurs, jalousies, méfiances. Moule unique pour des masses de pauvres destins. Rictus pensifs travaillant chaque visage. Misère, misère de l'imagination du Grand Créateur.

« Garçon ! (Mon arrogance appuyée.)

« Madame désire ? » (Sa morgue respectueuse dégradante.)

« Deux cafés bien serrés. »

La clientèle féminine de l'endroit évoque la volaille affolée et caquetante d'une basse-cour. Et j'en fais partie. Shadow me croit dupe de mes stigmates de vieille poule. Erreur. Elle raisonne mal. Elle est seule au monde alors que moi je possède un Ralph Memory. Il m'a sauvée de l'enfer de la solitude. Voilà que je découvre pourquoi ce soldat inconnu bien vivant de 1944 m'a séduite à ce point. L'image de notre rencontre est restée brûlante. Il s'est précipité sur moi pour deux raisons, d'abord parce que je lui plaisais, ensuite (surtout) j'étais la survivante d'un univers détruit à qui raconter son Coventry rasé par les bombardements dès 1940. Les restes de ses parents n'avaient jamais été retrouvés sous les briques, le ciment, la chaux. Son passé était un néant phénoménal. Ces premières confidences-là, il ne les a jamais répétées. Ralph Memory le malnommé refusait de traîner derrière lui cet affreux bagage. Tout s'est organisé entre nous comme s'il n'avait pas été le produit d'un homme et d'une femme. Et s'il a continué à vivre d'une façon tout à fait normale, c'était en écho d'une catastrophe initiale qui n'avait pas eu le temps d'exploser. Je me rappelle, oh oui, je me rappelle nos premières années. Je posais mes mains sur sa poitrine, souvent. Il me semblait que son cœur merveilleux se mettait en mouvement grâce à ce geste si simple agissant comme un commutateur magique. Ainsi avons-nous été portés en direction de notre avenir. Avenir maintenant révolu. Il se taisait. Il se taisait avec obstination. Peut-être était-il né pour se taire. Cependant moi, Constance A., étais faite pour l'accompagner sur les pistes de ce chaos. Quand il rentrait le soir du journal, j'essayais en douceur de l'interroger sur son travail, ses collègues, son calendrier de rendez-vous. Il avait une manière spéciale d'éluder mes questions en m'en posant aussi avec des mots passe-partout évasifs ou tranchants.

Homme bizarre dans sa simplicité.

Il m'empêchait de participer à une sorte de combat clandestin qu'il s'était juré de mener jusqu'au bout sans aide ni témoin.

Une autre guerre plus âpre encore que la vraie était venue se greffer à l'ombre de ses organes pensés sur lesquels ne s'enracinerait aucune mémoire fraîche : il n'en voulait à aucun prix.

Ce phénomène d'occultation était plus aigu encore lorsque nous faisions l'amour.

Je pleurais, j'étais la reine du bonheur, mais je désirais lui fendre le crâne pour en connaître le contenu.

Des monceaux d'images existent dans la tête de chacun de nous.

Mondes tourbillonnants, bouillonnants, écumeux, papillonnants autour d'un noyau interdit.

N'est-ce pas fantastique d'en être à la fois si proche et si vertigineusement éloignée ?

Comme je suis séparée de Shadow par exemple, assise là, juste de l'autre côté de la table.

Comme je le suis de ces gens rassemblés ici par hasard.

Une certaine nuit pourtant (mais l'événement ne s'est pas reproduit), j'ai cru que Ralph était au bord d'avouer. Alors qu'il était couché sur moi, je l'ai entendu gémir « Oh god, oh god, oh god ! » Et la sensation m'est venue que sa ville natale et sa famille ressuscitaient. Erreur d'interprétation, *god* étant le seul terme anglais qu'il ait jamais prononcé devant moi. « Oui ? » ai-je murmuré en attendant la suite. Il n'y a pas eu de suite. Mon amour a tenu le pari du silence : sa guerre privée devait rester absolue et meurtrière, reconduite en lui par son double ténébreux.

De nouveau Shadow s'allume une cigarette. Ses gestes saccadés sont une indication : le face-à-face nous fait mal. Deux souffrances qu'un excellent repas suffit à rassasier. Donc deux souffrances plutôt agréables, exaltant notre penchant naturel pour l'égocentrisme. Deux abandons reprennent souffle.

L'instinct de ma fille me surprendra toujours. Il a la qualité du mien. Elle observe la salle rouge pleine de rumeurs et nappée d'un drap de fumée. Corps en train de s'empiffrer. Crânes vêtus de cheveux mis en plis, crânes chauves luisant de propreté. Visages hermétiques derrière les paroles, les sourires, les grimaces de la mastication. Paquets de solitudes ossifiés au-dehors et bouleversés au-dedans par les ouragans du passé, du présent et de l'avenir soumis sans condition à la coulée colossale du Temps, car celui-ci ne saurait être cadré par personne dans sa perspective exacte. Contradiction, paradoxe inexplicable du vaste tableau vivant que j'ai sous les yeux : il est condamné à l'anéantissement et malgré cela dix individus au moins consultent sans nécessité leur montre-bracelet. L'automatisme du geste prouve une perception miniaturisée du Temps en question, et le besoin dérisoire d'en fixer tel point, tel soupir, tel grain, tel atome. Ça ne va pas plus loin. Aucun n'a la volonté de sauter par-dessus ces éclairs d'inconscient qui permettent un simulacre de contrôle. On se borne à minimiser la tentative en scrutant le misérable petit cadran chiffré avec une honte furtive. Tout comme si le fait de s'assurer de l'heure (déjà dépassée à la seconde où l'on redresse la tête) était un péché sinon un crime.

Au fond, le Temps n'est pas mis en cause par ce réflexe de pure maniaquerie. Si tant de malheureux veulent savoir s'il est vingt-trois heures deux, sept, neuf, onze minutes, etc., c'est l'unique moyen de sauvegarde mis à leur disposition pour *se trouver.* Ils y croient pendant la durée d'un éclair. Ça les apaise un peu, très peu, pas du tout, puisque déjà, déjà, déjà on repart de zéro.

Je m'entends demander :

« Que dis-tu ? »

Elle écrase son mégot dans le cendrier. Et la voilà qui se renverse contre le dossier de sa chaise avec une sorte de, comment dire, souffreteuse élégance. Je suis certaine que son changement d'attitude est lié au mouvement burlesque de ma rumination. Je ravale une envie de rire.

Est-ce que je pense ?

Constance A. pourrait-elle émettre ce qu'il est convenu de nommer *pensée* ?

À bas la pensée. N'en ai rien à faire. Une houle de bien-être m'envahit, et son principal intérêt est de rester en suspens comme un point d'interrogation. Dieu que ce serait bon de se blottir à jamais dans un « inexpliqué » rassurant, immobile et moelleux, aussi secret qu'un nid d'oiseau, aussi démesuré que le ciel. Perspectives nettes : absence absolue de responsabilités, plus de comptes à rendre, miraculeuse évaporation de la volonté. Ah ne plus être obligé de vouloir, poison majeur et damnation.

« Merci, garçon. »

L'homme a chassé les miettes de pain à coups de serviette sans prêter d'attention à sa tâche : la grosse caissière, c'est un fait, l'attire. Entre ces deux-là (que je ne connais ni d'Ève ni d'Adam) passe l'indicible, l'admirable et tendre éclair d'un érotisme sans conséquence. Qu'importe qu'il y ait conséquence ou non. J'ai traversé ma vie dans les innombrables zébrures de cet éclair-là. C'était merveilleux d'en être autrefois la cible profane et sacrée. C'était doux, léger. Cela semblait m'être offert gratis pour toujours.

Mon Ralph a dû mettre son pyjama, il aime se préparer tôt en traînant devant le téléviseur. Malgré l'apparent intérêt du méli-mélo d'images qui s'y déroule, il est déjà pris dans un confortable filet de somnolence. Il me manque. Je lui manque aussi. Il a grossi ces derniers mois. Mauvais pour le cœur, les artères. Surveiller son régime, le docteur Machin m'a prévenue.

Tous les médecins sont dans ma tête des docteurs Machin. Je ne les aime pas. Aussi mon premier soin est d'oublier leur nom.

Ralph et moi sommes heureux en somme. De plus en plus unis malgré les silences. Sa mémoire est-elle aussi massacrée qu'il le laisse entendre ? Rien n'est moins sûr ! Mieux vaut ne pas creuser la question. Un exemple :

Un beau jour de l'automne 1951, nous avions fait un excellent déjeuner au restaurant du Parc à côté de chez nous avant de nous promener autour du lac. Les arbres roux flambaient au soleil et des cygnes blancs moiraient l'eau noire. C'était bon. Nous sommes rentrés sans hâte, les mains enlacées et nos pas accordés comme d'habitude. J'avais la tentation d'être une coulée de miel. Le drame a éclaté le soir, alors qu'il venait de poser son veston sur un dossier de chaise et se douchait dans la salle de bains. Je m'explique encore mal aujourd'hui d'où m'est venue la tentation de fouiller les poches du veston. Comme si d'avance j'avais su y faire une découverte.

Ça n'a pas raté.

J'adore mon flair.

La poche intérieure contenait un portefeuille usé. Et dans le portefeuille était glissée la photo pâlie d'une ravissante jeune femme en robe claire. Ses cheveux blonds mousseux lui couvraient les bras. Mon sang n'a fait qu'un tour. J'ai tendu l'image au père de mes enfants. Il l'a saisie avec une réserve attristée. Furieuse, je réclamais une explication qu'il refusait de donner, preuve illuminante que cette photo appartenait à son bloc interdit de passé. « S'agit-il de ta mère ou d'une autre bonne femme ? » hurlais-je. Il s'obstinait à ne pas réagir. Je lui ai sauté dessus et l'ai bourré de coups. Nous sommes tombés sur le tapis. Je l'ai mordu au cou. Il m'a mordue à l'épaule (la cicatrice est restée visible). Ensuite, nous avons repris notre sang-froid et je me suis mise à sangloter tandis qu'il me caressait le dos comme en rêvant. « Est-ce ta maman ? ta maman ? » bredouillais-je en le couvrant de petits baisers. Je n'ai pas su la vérité ce soir-là. Je ne l'ai pas sue non plus par la suite. Ralph Memory s'est toujours montré plus fort que moi. Et Dieu sait si je suis forte.

Dieu, et Dieu seul, est responsable des malentendus brouillant les rapports humains. En nous créant il agissait en vicieux originel content de jeter au monde ses deux échantillons de chair, d'os et de sang qui n'ont aucune chance de se comprendre. Il jouissait pourtant d'atouts d'artiste souverain. Il était libre d'inventer le mâle et la femelle aussi transparents que des flacons de baudruche révélant avec innocence leur mécanique secrète. Ainsi seraiton né limpide, généreux, honnête, sans hypocrisie. Aucune âme vindicative ne se serait précipitée à la rencontre d'une autre âme vindicative. Dès la première œillade, j'aurais déchiffré le contenu du flacon Memory. Même chose pour lui. Il aurait empoigné le flacon Constance A. Les liquides se seraient mélangés sans effort en milliers de bulles étincelantes, les organes se seraient confondus, de quoi satisfaire nos existences. Musicales et parlantes, lesdites bulles. Fraîches. Explosives et confidentielles. Psychanalyses tuées dans l'œuf. À bas la mystification des crânes obscurs percés de trous soi-disant sensoriels.

Est-ce le vin qui m'électrise ?

Ou bien la proximité de Shadow ?

Délire exquis faussant mes vérités. Merci mon Dieu de nous avoir dotés d'une tête raisonneuse, un torse, un cul, quatre membres agiles. Je te le dis à travers mon expérience de femme ayant fait le tour des plaisirs et des déceptions. Plaisirs nés de chaque déception. Déceptions nées de chaque plaisir. Quand nous sommes au lit, Ralph et moi entrelaçons nos jambes en leur laissant l'initiative d'une exploration géniale : satinée où il faut, duvetée où il faut, sèche ici, mouillée là, tiède, brûlante, cuite, rouge, bleue. Plongées dans leur aventure, ces jambes n'ont plus rien de commun avec nous. Elles savent s'arrêter ou se couler en profondeur. On les croirait douées pour le langage. Nous les entendons murmurer : « Voilà, nous y serons bientôt, nous y sommes. » Leur étui parfait s'entrouvre en nous suggérant de rester patients : il y a mieux. Il est certain que vous méritez mieux, chères jambes. Le nid que nous vous proposons, Ralph et moi, exige de votre part un surcroît d'effort. Soyez aussi patientes que nous le sommes. Là. Là. Glissez de quelques millimètres plus à gauche, plus à droite, allongez-vous, creusez-vous, pliez-vous, apprenez à mieux jouer ensemble, ne craignez pas de partir à la découverte de la moindre fente, cache, enflure, plissement. Enfin, enfin ayez la science de vous arrêter : vous avez touché la pointe extrême.

9

Shadow mord

En cachant ma main sous la nappe j'ai regardé l'heure à ma montre et elle n'a rien remarqué. Il était onze heures cinq, il n'est déjà plus onze heures cinq. L'insaisissable puissance du Temps nous entraîne comme des cailloux dans le lit d'un torrent. Me servir de cette image pour mon roman.

Un coup de fatigue lui défonce le visage. Sa bouche (qu'elle a remaquillée avec une hargne complaisante) glisse sur la gauche tandis que le nez pend à droite. Picasso a tout compris sur les femmes : fatalité cocasse et tragique de la déstructuration. Je suis fatiguée, moi aussi, en face d'une personne dont on prétend qu'elle est ma mère alors que rien ne le prouve.

Les décrets de la génétique ne nous laissent pas le choix de nos fréquentations.

Nous sommes tous de mesquins contribuables essayant de frauder le Trésor, bureau central de la Famille à qui nous payons des impôts.

Si Constance A. n'était pas ma mère, serais-je attirée par elle ? Non. Je déteste son poids physique autant qu'elle déteste le mien. Même constat à l'égard de tous nos voisins de ce soir. Filet aux dimensions planétaires. John mon frère et Ralph mon père sont les deux exceptions confirmant la règle : si nous nous étions croisés n'importe où par hasard, il y aurait eu choc d'affinités entre trois fées, trois elfes, trois magiciens.

Le champ de vision de ma mère est une vraie centrale pénitentiaire. Il lui manque l'uniforme de garde-chiourme. Elle a torturé papa d'une certaine manière, elle a torturé John, elle ne m'aura pas.

Pourquoi vois-je si clair ?

À cause de l'Ascension ?

Jésus-Christ a renversé les dalles de son tombeau avant de s'élever et de se répandre en milliards de milliards de particules chargées chacune de le garder vivant en son entier. Resté en fraîche apesanteur diffuse, il nous couvre et nous soutient. Personne, personne ne peut échapper à sa montée vers le fond des hauteurs, bien qu'il ne soit plus aujourd'hui — soyons réaliste — qu'un symbole ratatiné plutôt incommode. Nous n'en sommes que les descendants fidèles, pusillanimes et tapageurs.

La porte-tambour a pivoté une fois de plus en provoquant un léger courant d'air. Pourtant cette fois-ci elle laisse entrer seulement un fantôme né de mon imagination. Ah mais : se fier à son imagination, tout le problème est là ! L'arrivée de ce fantôme est le signe clandestin d'un total basculement d'atmosphère.

De qui s'agit-il ? de Nina ma cousine, fille unique d'un parent éloigné de Constance A. Nous l'avons peu connue et nous n'en parlons jamais. Elle est morte en février dernier, à l'âge de quarante ans, dans son bourg de province. Et je la vois, oui, je la vois qui nous aperçoit, agite un peu la main, se glisse entre les tables afin de rejoindre la nôtre. Plutôt courte sur jambes et dodue, elle prend place à côté de ma mère après s'être débarrassée de son manteau. Jamais encore je n'avais noté combien ses bras nus sont gros, pâles et beaux. Le visage est couvert de taches de rousseur, les cheveux sont grisonnants. Bien que rares, mes rapports avec elle ont toujours été confiants et pleins de gaieté, sans doute parce qu'elle avait la foi. Le simple fait de lui parler me ravissait.

La gracieuse petite morte s'appuie contre l'épaule de Constance avec un naturel rieur stupéfiant. Pourquoi cette vision extraordinaire vient-elle occuper ici l'espace ?

Maman.

Moi.

Maman et moi en train de manger et boire en conversant à bâtons rompus depuis plusieurs heures sans nous être vraiment *parlé*.

Je me demande si Constance A. est capable

de voir Nina comme je la vois, moi. J'en doute. Cette morte encore pleine de fraîcheur a posé ses coudes sur la table en nouant les mains sous son menton dans un geste qui lui est familier. Et Constance A. ne réagit pas d'un millimètre : elle continue à me scruter avec une insistance bizarre comme si nous étions toujours seules. Cependant sa physionomie plutôt violente est tempérée soudain par un éclat sourd et discret jailli du fond des yeux trop ouverts, là où se tient embusquée ce qu'il est convenu de nommer l'âme. *Âme* : mot abject. Il faudrait inventer un substantif de remplacement plus subtil et plus cru à la fois. Terme franc qui tuerait enfin les dérobades, les erreurs, les terreurs et les trahisons dont est fait notre pain quotidien.

L'indifférence de Constance à l'égard de Nina me pousse au contraire à m'y intéresser mieux, bien que mes souvenirs d'elle soient brouillés. J'avais treize ans et elle six à peine lorsqu'elle avait perdu sa mère. Pendant nos vacances au bord de la mer nous l'emmenions avec nous, elle devenait ainsi notre petite sœur. Sa timidité l'empêchait de partager nos jeux. Immobile, sérieuse, l'air toujours ahuri, elle restait assise à l'écart sur le sable, ce qui nous agaçait au point d'avoir fait d'elle une espèce de souffre-douleur. Elle subissait avec sérénité nos brimades. Ensuite nous l'avons perdue de vue : nous savions qu'elle s'était mariée, avait eu deux enfants avant de divorcer. Cependant l'année dernière lors d'un de ses brefs passages à Paris, nous avons déjeuné ensemble. J'avais eu un choc. La ronde petite personne d'autrefois, amaigrie et fripée, était méconnaissable bien que plus communicative. Ainsi m'a-t-elle fait part de ses ennuis de santé et de son extrême lassitude, concluant avec un joli rire soulagé « qu'elle était au bout du rouleau ». C'était la stricte vérité. Deux mois plus tard, nous avons su par un faire-part qu'elle s'était éteinte. Le mot *éteinte* m'a secouée. Les mots sont meurtriers, je le sais depuis toujours. Meurtriers surtout lorsque leur noblesse nuancée enferme les gens et les circonstances dans une logique imprévue. Nous n'avons pas jugé utile d'assister à l'enterrement. J'estime scandaleux ce genre de fastes à l'envers dont le sadisme est évident.

Donc pourquoi Nina a-t-elle eu l'audace de nous rejoindre ? Je me permets de l'avertir que je n'ai plus pensé à elle une seule fois depuis sa disparition. Elle ne semble pas indignée par une déclaration aussi vulgaire, elle se borne à lever les mains tout en s'écartant de Constance A., laquelle ne s'est rendue compte de rien, de rien. Et je l'entends psalmodier en demi-teinte une longue phrase dont je comprends aussitôt l'intention : elle veut m'offrir le « peu » qui a survécu d'elle, un « peu » incorruptible, aérien, apportant à la vision qu'elle m'impose une insaisissable réalité : sa voix.

Je sursaute en portant la main à mon cou comme si j'étouffais.

« Tu ne te sens pas bien ? » dit Constance avec une curiosité presque tendre.

Je m'écrie alors :

« C'est la voix de Nina.

— La voix de Nina ? »

Incapable de maîtriser sa surprise et son émotion, elle appuie la serviette contre sa bouche. Après m'avoir accrochée moi, la voix de Nina s'accroche à ma mère, et ni l'une ni l'autre n'a besoin de résoudre l'énigme.

« Qu'est-ce que la voix de Nina vient faire ici ? » ose répéter Constance en feignant la désinvolture.

Chère menteuse, va ! Pas plus que moi elle ne méconnaît l'impossibilité de revenir en arrière, abritées que nous sommes sous une vague porteuse irrésistible. Elle s'en défend comme elle peut. Elle jette alentour des regards anxieux quémandant du secours, en vain. Non. La voix de Nina triomphe de nous deux. La voix de Nina était restée joyeuse et claire même aux instants les plus difficiles de sa brève existence. Nous avons gardé dans l'oreille, avec une netteté quasi organique, les échos de sa diction mélodieuse. La petite fille avait eu le don de rire et parler comme on chante. Et la jeune femme en train de lutter contre la maladie avait préservé ce don d'enfance et de jeunesse.

La fatalité se produit donc : ma mère et moi n'avons pas les moyens de la repousser. La voix de Nina, qui nous survole, rejoint la voix de John.

Une même idée nous traverse : les morts s'attirent entre eux. Les morts n'ont pas d'autre problème à débattre que celui de s'entendre et de se faire entendre. La voix des morts sait donc ce qu'elle fait en nous dépêchant à l'occasion ses fusées éclairantes. En cette minute précise, les accents lumineux de ma jeune cousine absorbent les accents de mon frère, sourds, méfiants, doux, insatisfaits.

Ces messages d'outre-tombe sont moins abstraits qu'on ne le croit d'abord. Il suffit de prêter un minimum d'attention à leur courant de mémoire électrisée, au feu des souvenirs venu ranimer nos consciences engourdies.

La preuve est faite : nous avons pris l'habitude de vivre au-dessous de nos moyens.

Nos consciences se passent de nous pour entretenir à peu de frais une certaine qualité de chair sonore issue de nos disparus, ce qui tour à tour nous déchire, nous exalte, nous désespère et nous comble.

« La voix de Nina ? » fait de nouveau Constance sur un ton d'ironie de mauvais goût.

Nous nous sentons un peu ivres. Avec une précipitation comique, elle nous commande un digestif :

« Pour faire passer tout ça, hein ? Tu n'y vois

pas d'inconvénient ? Par exemple un alcool de prune, c'est une spécialité de la maison… »

Accepter la proposition est aussi répugnant qu'inévitable. Il va falloir aller jusqu'au bout. Je me tamponne les lèvres, les joues et le front avec autant de soin qu'au sortir d'un bain de poison.

Je suis loin d'en avoir fini avec ce problème de voix. Je désire que Constance A. soit au courant. Pour l'instant je me borne à penser en éclair « Oh maman ! ». Ces deux mots non articulés sont là pour seconder l'incroyable élan qui, soudain, m'ébranle, m'arrache, m'entraîne, me projette en volant vers mon interlocutrice.

« Oh maman ! »

Les voix sont des corps à part entière, les seuls vrais corps chargés de nous représenter et de nous perpétuer. Sauvés dès le départ, imputrescibles, sanctifiés d'office, les corps vocaux dérivent très haut par-dessus nos têtes ainsi qu'au fond de nos esprits, dis-je en substance à ma mère…

Est-ce bien moi qui m'exprime à travers un « moi » qui n'est plus moi ? Suis-je en train de perdre ce qu'il est convenu d'appeler la raison ? Poursuivons :

la masse des souvenirs n'est rien d'autre qu'un cœur gigantesque, aigu, précis, sombre, prudent, discret, poussant l'ambiguïté en deçà des profondeurs du temps et de l'espace. Exemple parmi cent autres : nous avions dix-sept ans, Justin et moi et venions d'obtenir notre bac. Pour fêter l'événement, papa avait invité tout le monde dans un hôtel trois étoiles au bord de l'océan. Fougueuses baignades et tours de digue interminables pour John, son ami et moi qui se moquaient entre eux de Ralph et Constance planqués dans un bar chic, déjà hors jeu à l'époque, démodés, en bref : vieux. Attends, ma mère, sois tranquille, je n'ai pas perdu le fil de mon histoire de voix, ne prends pas cet air de méfiance et laisse-moi le temps de mieux serrer la trame d'une mémoire volontiers baladeuse. Crois-tu que je me borne à voir les trois adolescents se promener au soleil couchant, ivres d'air salé dans la rumeur des marées en contrebas ?

Eh bien non.

Je ne vois pas ton fils John : je *l'entends.*

Je ne vois pas Justin K. : je *l'entends.*

C'est par l'ouïe qu'ils voyagent dans ma tête à la minute où tu trempes tes lèvres en pointe dans ton alcool de prune. Tu me demanderais de les décrire visuellement, j'en serais incapable. Alors que les voix restent plantées dans mon souvenir. À quinze ans celle de John traversait le phénomène hallucinant de la mue : tantôt fillette et tantôt jeune homme. Celle de Justin se travaillait déjà d'intonations rauques, orgueilleuses, il nous imposait sa supériorité virile, et mon petit frère en éprouvait de l'humiliation.

Écoute-moi bien, ma mère. Acceptes-tu de m'écouter au moins ?

Un battement de paupières m'avertit de son acquiescement.

Te souviens-tu des faux désaccords opposant les deux garçons ? Un simple écart de sonorités leur coupait tout moyen de communiquer.

Non, le battement de paupières n'est pas un acquiescement, je me trompais. De toute manière tu te fiches de l'importance des sons, ils ne t'ont jamais intéressée. Même par surprise, par accroc, par distraction. Ta surdité volage t'empêche par conséquent de me « prêter l'oreille ». As-tu jamais usé de cette jolie expression aujourd'hui déchue ? elle figurerait en bonne place dans mon dictionnaire de linguistique obsolète. Ne ris pas. Qu'est-ce que je raconte, elle est loin de rire, pure illusion de ma part. Par ténacité cependant j'irai jusqu'au bout de mon roman de voix, qu'elle le veuille ou non. L'insistance est payante. La soirée était si douce la veille de notre départ que papa nous a emmenés boire un dernier verre du côté du port. Et nous avons assisté là au plus singulier des spectacles : un navire en fête aux gréements illuminés se préparait à partir. Énorme et couleur de lait, il semblait glisser sur des rails entre ciel et eau tel un modèle de mutisme magique, accablant et splendide. Il s'éloignait du quai avec une volupté lente, mélancolique, provocante. Il arrachait à chacun de nous une portion de présent et d'avenir à travers sa manœuvre ténébreuse et circulaire. La joie serait interdite aux trois jeunes gens. Dans la pénombre, John nous lançait des regards étincelants, et c'était une façon aussi discrète qu'appuyée de réclamer de l'aide. Quelle aide ? Il ignorait. J'ignorais. Seul Justin en savait déjà long sur les probabilités du futur, mais il nous tournait le dos, bien décidé à nous tenir à l'écart. Nous avons regagné l'hôtel à la nuit noire, aussi fatigués qu'à l'issue d'un combat. Vous, les vieux, aviez gardé tout votre tonus au contraire : vous nous précédiez au long du boulevard phosphorescent où traînait encore pas mal de monde. Votre façon de marcher à une certaine distance l'un de l'autre tuait nos illusions. Ainsi étions-nous avertis. Il n'y a pas d'issue convenable ici-bas. La dramaturgie paisible de votre couple ressemblait à s'y méprendre à celle du navire en fête ayant emporté sa cargaison de musiques et de lumières bientôt absorbée par le large.

Tout se passe comme si j'avais raconté mon histoire de voix sans avoir eu besoin de remuer les lèvres. Ce n'est pas le cas. Nina et les autres se sont calmement agités sous mon front. Alors je me demande pour quelle raison Constance paraît atteinte de plein fouet par mes images. Elle frissonne, elle a peur de quelque chose ou de quelqu'un. Je ne veux pas qu'elle ait peur. À la seconde où ma bouche s'arrondit pour lui dépêcher une phrase apaisante, je la vois tressaillir et pointer l'index vers la salle où la masse un peu voûtée des clients continue à manger et boire.

« Est-ce que tu entends ?

— Entendre quoi ?

— Les cris. »

Elle a raison, ma mère. Un flot de gémissements spasmodiques déferle partout avec la violence d'un raz de marée, ça monte et remplit l'atmosphère, ça l'assombrit sous une vague menaçante. Singulier incident communautaire : sans quitter leurs sièges, les gens grondent en chœur bien qu'aucune ombre d'anxiété ne déforme leur physionomie. Il s'agirait plutôt d'une détente généralisée, d'un sourd besoin d'équilibrer des énergies contradictoires.

« Oui, j'entends.

— Pourquoi ? fait-elle en tripotant ses cheveux. On dirait qu'ils nous en veulent.

— Pas du tout. Le monde entier passe son temps à hurler. Le monde hurle depuis toujours.

— Tu crois ? »

Elle prend le ton plaintif d'un enfant en mal d'honnêteté.

10

Constance pleure

Je n'ai pas perdu une miette de ses fantasmes : l'entrée de Nina, puis son touchant topo sur l'écho que nous laisse la voix des disparus. Ceux-ci sont trop nombreux en fin de compte. Assommants. Lourds. Encombrants. Chacun réclame d'être traité comme un cas exceptionnel, d'occuper une place privilégiée dans un coin du Grand Tableau. Ils refusent d'admettre que tous, tant que nous sommes, jouons le rôle d'un figurant de passage. On s'imagine entrer par un bout et sortir par l'autre. Pure illusion. Du début à la fin nous sommes assignés à résidence. Le Temps est notre dictateur : la coulée qui nous brasse est son truquage pervers afin de calmer nos anxiétés débiles. On croit grandir, mûrir, vieillir, attendre avec plus ou moins de sérénité une porte de sortie plus ou moins dérobée. Autant de mystifications qui nous retiennent d'être engloutis sur place.

Les joues de Shadow se sont teintées de

rose. Le vin et l'alcool lui ont fait du bien. Ses yeux toujours un peu trop pâles à mon goût ont pris une fixité brillante et creuse. Peut-être aimerait-elle que je m'y engouffre à ciel ouvert. Je ne dis pas non, voilà la surprise. Il serait bon de découvrir le motif exact de mon brusque plaisir en face de cette femme qui se trouve être la chair de ma chair. Je me félicite de lui avoir collé ce prénom. Shadow! Shadow! quand elle ne sera plus de ce monde elle deviendra grâce à moi l'ombre poudroyante de sa propre ombre. Qui dit mieux? J'admire mon génie prémonitoire. Je suis une créature d'exception. Une gorgée d'alcool m'avertit: « Tu es exceptionnelle parce que tu as le courage d'aimer ton *toi.* »

« Suis-je une nature d'exception? » dis-je en sautant non sans témérité hors de mon sac de pensée.

La voilà saisie d'un fou rire. Elle s'étrangle et m'approuve. Le même éclair de générosité nous traverse, nous savons maintenant que nous en avons follement espéré la mise à feu. Si cela ne s'est pas produit plus tôt, c'est parfait. Il faut laisser mûrir l'abcès d'un certain bonheur dont, par instinct, il est utile de retarder la percée. Enfin-enfin nos énergies secrètes vont exploser. Comme elle est belle soudain. Je n'avais jamais noté jusqu'ici à quel point ses mains sont gracieuses, j'ai le droit de me rengorger.

« Car je t'ai réussie ! » fais-je en criant presque.

Vite elle pose l'index sur ses lèvres. Des têtes se sont tournées. On nous dévisage, l'air outré par notre désinvolture. Ça me fait vibrer. Pour un peu je me lèverais en écartant les bras pour exprimer mon orgueil. Oui, cette jeune personne dont le front brille d'intelligence est bien ma fille, Shadow Memory. Malgré l'ironie froide qu'elle affiche, elle m'admire autant que je l'admire. Évitez tous, mes très chers, de vous fier aux apparences. Regardez sa façon de me scruter, elle songe « maman, oh ma maman à moi, je suis ta chose ».

Agacée, elle hausse les épaules. Elle me sait capable de laisser éclater au grand jour mes théâtres intérieurs. Je la rassure avec un sourire pincé : ne crains rien, petite, ces gens sont indignes de nous, ils méritent de rester enfouis dans leur province, ils m'évoquent des poissons en bocal, on voit scintiller leurs flancs moirés quand ils se tordent luxurieusement.

Message enregistré : elle se détend.

« Sage, Pillow », dis-je à la chienne happant un bout de pain resté sur l'assiette. Les humains devraient envier sa distinction.

« Vas-y, ma chérie... »

Shadow se contracte.

« N'est-ce pas que Pillow est délicieuse ?

— Elle me dégoûte.

— Tu n'aimes pas les chiens ?

— J'en ai horreur.

— Comment est-ce possible ! ces boudins si chauds, si tendres, si sincères...

— Arrête !

— Shadow, pardon, Pillow est ma meilleure amie...

— Tu es gâteuse...

— Et je m'en flatte. Le soir elle attend que papa soit endormi pour se faufiler dans notre lit, et le matin je la trouve nichée entre mes cuisses.

— Tu m'écœures.

— Pas étonnant. Espèce de frustrée ! malheureuse par vocation !

— Je t'en prie...

— Goût de l'échec. On comprend pourquoi Justin a filé !

— As-sez !

— Tu es un monstre d'inhumanité. »

Le charme apaisant du mot *monstre* opère.

Il était fatal que la soirée jusqu'ici plaisante et mesurée dégénère. C'est ça, la famille. Bloc de refus quasi minéral. Aucune charge de dynamite ne pourrait l'ébranler. Calvaire et damnation.

Éviter à tout prix l'explosion meurtrière, nous souffle en substance l'instinct de conservation.

Reculs rageurs en arrière de soi. Yeux fermés, bouches cousues, poings serrés.

Chez les Memory, John seul a trouvé la bonne sortie, il n'y en a pas d'autre.

Son incinération là-haut en Hollande. Un froid de loup dans ce crématorium (où est la crème, je vous le demande). Le ronron du four en sous-sol se mêlait au ronflement éclaté de la tempête balayant le pays. Nous : pétrifiés devant le faux autel sommé d'un faux cercueil. Pillow, ça suffit, petite cochonne, tes oreilles sont barbouillées de chocolat. Fou de chagrin, Ralph assis à l'écart nous tournait le dos. Personne ne pleurait, pas même moi. Nous nous savions condamnés au châtiment à sec de l'enfer des vivants.

Au fond je me demande si j'ai tellement souffert de la disparition de mon fils. Oui, mais par plans étagés. Comme si la douleur m'obligeait à gravir un escalier raide. Par goût de l'ordre et de la discipline je l'escaladais, les poumons parfois bloqués. Des paliers aux rampes magiques me permettaient de reprendre souffle. Aires d'un repos béni. Je répétais le nom de John sans plus avoir mal, quel soulagement ! Aucune rançon n'était exigée, le bien-être était gratuit. Gratuité, qui dit mieux ? Au moment où j'ai atteint la dernière marche, j'ai su que la mort de mon garçon n'était qu'un cauchemar dont je sortais finalement grandie, purifiée, honorée, décorée, couronnée. On me rendait John d'une certaine manière. Dorénavant mon devoir était de le ravaler.

Vents des regrets, marées des images,

Constance A. la courageuse a triomphé de ce pathos. Après avoir léché un innocent petit cadavre d'une criminelle immoralité, elle a pu l'assimiler. Pas le moindre déchet : os, nerf, aponévrose.

Aujourd'hui donc, je suis moi + mon fils, miracle souhaité par toutes les mères : être deux en un. Personne à part moi n'oserait avouer ça. Voilà pourquoi je suis restée légère et sans complexes. Si l'on me proposait de risquer une seconde vie, une troisième vie, j'accepterais avec une reconnaissance enthousiaste. Encore tant de choses que je n'ai pas eu l'occasion d'éprouver jusqu'ici : amours, beautés, sacrifices, bontés, plaisirs demeurés en sommeil. Me voici mûre, enfin, pour explorer l'inconnu.

« Comment ? dit Shadow.

— Comment quoi ? » (Truc imparable : répondre à la question par une question.)

« J'ai cru que tu parlais.

— Pas du tout. »

L'imperceptible haussement de son épaule gauche prouve qu'elle n'est pas dupe de ma dérobade. Geste que faisait Adeline A., ma mère à moi, quand elle décidait de s'isoler sans léser personne. Shadow lui ressemble : manquée comme écrivain, tandis qu'Adeline a refoulé sa passion pour le théâtre dès l'âge de dix-huit ans après un foudroyant succès dans *L'épreuve* de Marivaux monté par une troupe d'amateurs. Sa malchance? un certain monsieur A., mon futur père, noble alcoolique désargenté. Pourquoi l'avoir choisi parmi sa collection de soupirants? Elle était ravissante, type espagnol, un brillant avenir lui était promis. Mystère : le flux sanguin des ancêtres, divisé en vaisseaux de plus en plus faibles et fins, refuse de comptabiliser sa descendance. Si j'évoque ma propre jeunesse, celle de ma mère la précède avec une délicatesse résignée d'avance aux frustrations. Jamais je ne l'ai entendue se plaindre d'un sort qu'elle jugeait sans doute normal, donc inévitable. Jamais elle ne s'est révoltée contre monsieur A. toujours aristocratiquement saoul. Même quand il lui flanquait une raclée, elle ne pouvait s'empêcher de l'adorer.

Souvenirs-souvenirs (ça se chante) :

Notre maison délabrée en pleine campagne où nous passions les vacances. Champs de betteraves et de choux souvent mouillés excitant mon imagination. En contrebas d'un pré, une cabane en planches servait de chiottes aux amateurs de rêves, c'est-à-dire moi. Je m'installais sur le trou de la banquette en laissant la porte ouverte. Le ciel modelait l'horizon avec une grâce extraordinaire. Dans leur désordre tranquille les nuages et les arbres étaient faits de la même substance, vaporeuse ou solide, opaque ou transparente, bougeante ou figée. J'étais la Reine de Dieu. Je chantais à tue-tête n'importe quoi. Et je prolongeais la séance pour jouir à fond de ma certitude en cinémascope : la nature était ma propriété, mon adjoint, mon domestique. Dans l'angle de la cabane juste au-dessus de ma tête, une araignée travaillait sa toile jour après jour. Cette noire hôtesse m'appartenait aussi.

Shadow n'est pas à son aise, tant pis.

Mes premiers chocs d'intuition, comment dire, métaphysique (ho-ho ! le terme est outré, donc stupide, pourtant je n'en trouve pas de plus juste) ont eu lieu à l'abri de cette cabane.

Sans doute à cause de l'accord syncopé unissant le bas de mon torse gentiment plié, compact, turbulent et concentré sur son boulot de libération physiologique et la spirituelle harmonie du paysage. Han !

Piège tendu par Dieu en personne, han, qui s'est voulu farceur impénitent ou tueur professionnel, ces deux aspects n'ont rien d'incompatible dans leurs excès exhibitionnistes.

Adeline aimait Dieu et lui obéissait aussi bien dans la vie quotidienne que pour ses ébranlements : je l'avais suivie, c'est commode, une sorte de sommeil nous épargnant des responsabilités épuisantes.

J'avais surnommé la cabane en planches mon « temple de la révélation ».

Ma révélation ?

Contrairement à l'idée reçue, Dieu n'a pas agi par amour en inventant l'homme et la femme, mais de toute évidence par haine. La preuve : il les a dotés d'outils reproducteurs afin de répandre partout la semence des hostilités, malentendus, rivalités, soupçons, échecs ou réussites, appétits pervers, résignations tout aussi perverses, fausses rencontres et vraies ruptures, plaies incurables du corps et de l'esprit, feuilletement nostalgique de l'espace et du temps.

Le malaise de Shadow s'accentue.

En bref, la suprême jouissance de maître Dieu consiste à reconduire les jeux et les feux du malheur.

Une telle découverte m'avait foudroyée, je me souviens, oh je me souviens, le jour de l'Assomption 1930. Il faisait froid pour un quinze août. La toile de mon araignée scintillait dans son coin, chef-d'œuvre de fragilité miraculeuse. Un peu de brise animait les champs couverts de rosée, la rougeur du ciel annonçait le lever du soleil sur la gauche de mon cadre d'observation. Toujours assise sur le trou de ma planche, je me suis mise à rire et pleurer pour cette unique raison : *j'étais.*

Jubilation-catastrophe : on m'avait forcée d'*être.*

Et pour comble : *être moi.* Là, et nulle part ailleurs, se tenait le vrai scandale dont Dieu le machinateur est l'initiateur et le responsable.

Pour quel motif abject me contraignait-il à *être moi* ?

J'étais soudain jalouse de l'araignée : *être elle* au lieu d'*être moi* aurait été la splendeur, une délivrance, la solution. Je lui ai dit cela. Royale au centre de sa rosace filée, elle s'est bien gardée de me répondre.

Me voici coupée net dans mon élan de lyrisme introspectif : Shadow se durcit en disant avec précipitation :

« Regarde qui vient d'entrer. »

Une femme — de mon âge environ — s'arrête un instant sur le seuil, cherche des yeux une table à sa convenance, se faufile avec maladresse entre les paquets de mangeurs absorbés jusqu'à une place proche de la nôtre. Pour mieux dissimuler son attitude embarrassée, elle se tient trop droite et trop raide, provocante. Elle embrouille les brides de son énorme sac d'un rouge voyant qu'elle finit par se coller contre la hanche non sans l'ouvrir et le fermer plusieurs fois sans motif apparent. Ses souliers sont du même rouge. Faussement désinvolte, elle rejette à demi son manteau sans oser le quitter tout à fait. Elle a peur de ses moindres gestes, ce qui la rend assez touchante et plutôt ridicule. J'ai envie de rire. Elle a posé ses mains lourdement baguées sur ses couverts dont elle ne cesse de rectifier l'ordonnance. Derrière les lunettes cerclées d'or, ses yeux bougent avec une rapidité contrainte et distraite, des yeux couleur d'huître qui semblent ne voir personne.

« Tu crois que c'est elle ?

— Sûr. Elle est passée à la télé. »

Une intense curiosité unit soudain la mère et la fille. Ce n'était pas prévu au programme, si tant est qu'on puisse programmer quoi que ce soit.

Elle déchiffre le menu en pinçant les lèvres, on pourrait croire qu'elle apprend à lire comme un petit enfant.

« Son dernier livre est sorti il y a trois mois, précise Shadow.

— On en parle ?

— Comme ci comme ça. Éreintements assez mous d'un côté, éloges complaisants de l'autre. On aime ou on n'aime pas. Public réduit mais fidèle. Depuis le temps !

— Tu l'as lu ?

— Littérature difficile. Pas reposante. Plutôt originale. Intuitive. Chipotée. »

Elle nous arrache à nous-mêmes. Ce n'est pas l'écrivain mais la femme qui nous captive. Je me plais à détailler ses mines et ses gestes de cliente anonyme installée près de nous par hasard. Elle va m'émouvoir. Elle m'émeut. D'une certaine manière nous nous ressemblons. Mais non, voyons, nous ne nous ressemblons pas.

« Sois discrète, je t'en prie, souffle Shadow, contrariée.

— C'est toi qui manques de discrétion, ma chère. »

Haussements d'épaules impatientés. Je fais nettement plus jeune que cette romancière aux cheveux blancs tirés en chignon. Yeux pochés, cou flétri, rouge à lèvres, pendants d'oreilles, chaînes d'or qu'elle ne cesse de tripoter. Bref : un mélange de naturel qui se résigne à la vieillesse et d'élégance qui résiste. On prétend qu'elle a été belle. Mettons. Aucun homme ne la regarde. Soyons honnête : une espèce d'aura l'isole en lui donnant une légèreté particulière qui m'oblige à songer que cette femme sait ce qu'est l'amour. Oui, l'amour. Elle est habitée par la folie d'un certain amour, lequel de son côté la possède sans condition. Résultat : opacité absolue. Intouchabilité. Invulnérabilité.

Sa présence ici même, à l'intérieur d'un restaurant bourré de tourbillons auditifs et visuels, se révèle être une fiction pure détachée d'un tableau ou d'un livre. C'est la réalité qui est mensongère. Je suis tentée d'aller à elle pour toucher la vraie chaleur de sa vraie épaule. Je n'en ferai rien.

Oh Ralph, mon Ralph, comme tu me manques !

11

Shadow brûle

Qu'est-ce qui lui prend ? Ses yeux pleins de larmes s'accrochent aux miens. Accrocher : le mot n'est pas trop fort. Elle cherche la communication. Je la refuse. Pas envie. En guise de diversion, je consens à lui raconter mon rêve de la nuit dernière :

Je me trouve en villégiature chez des étrangers dans un jardin étroit et long clos de grilles. Il me faut filer au plus vite car mes parents m'attendent à la maison. Mes affaires étant éparpillées en désordre sur la pelouse, je les rassemble et les fourre pêle-mêle dans un sac à gros ventre, notamment un pot de crème de beauté dont le couvercle est perdu. Angoisse : ça risque de gâcher mes vêtements, un bouchon de kleenex suffirait-il ? D'autre part j'ai oublié de m'épiler les jambes aux longs poils dégoûtants. Je monte à bord d'un taxi semblable à une grande brouette motorisée. Je donne au chauffeur l'adresse de mes parents, mais il se perd dans un quartier excentrique bouleversé par des travaux de démolition. Je crie : « Vite, ils doivent être fous d'inquiétude, je ne suis jamais en retard ! » Arrivée enfin dans la chaussée en contrebas, je hurle « Hou-hou ! houhou ! » pour avertir les miens que je suis là, oh, presque là, malheureusement mes cris me réveillent en sursaut.

Elle a fait semblant d'écouter ce rendez-vous rêvé dont elle se fout.

Naïveté folle d'avoir un instant cru que ce flash de ma vie à l'envers nous rapprocherait. Grossière erreur. Ses mains endiamantées voltigent autour de son sac en croco. Je déteste ce cuir mortifié prétentieux. Elle en sort son poudrier d'écaille gravé d'or à ses initiales. Le petit miroir lui renvoie des reflets morcelés de visage, œil gauche, œil droit, sourcils, front, nez, bouche pincée étalant une couche fraîche de rouge, menton qu'elle touche du bout de l'index, et le cou, ah le cou...

« Mon Dieu mon cou », murmure-t-elle.

On dirait la plainte aiguë d'un rongeur blessé.

Si sa mère Adeline A. manifestait des dons éclatants pour le théâtre, Constance a su prendre le relais. Du jamais vu dans le genre. Rictus de tragédienne, spasmes presque dansés du corps, défaillances ou percées savantes des intonations. L'idée me vient que dans chaque famille un membre est perversement choisi pour en tenir à jour la chronique privée. Membre plus ou moins doué selon les cas : sobriété ou véhémence, perspicacité, lucidité, etc. Constance est notre parolière intime géniale. Sophocle, Shakespeare et Racine en seraient fous. La manière dont elle a su râler en douceur « Mon Dieu mon cou ! » touche au grand art. Je serais heureuse de l'entendre répéter pour bien savoir jusqu'où peuvent aller la justesse et les frissons nuancés du ton.

La voilà qui me coule un regard incendiaire de côté. Elle me défie.

« À quoi penses-tu ? »

(L'éternelle, insupportable question une fois de plus.)

« À rien. »

(L'éternelle, insupportable réponse, etc.)

« Pourquoi t'obstines-tu à cacher la forme de ton *rien* ?

— Mon *rien* n'a pas de forme.

— Tous les *rien* ont une forme.

— Pff...

— Sans doute estimes-tu que j'ai vieilli ces derniers temps ? Hein ?

— Au contraire : tu rajeunis. »

Elle a refermé son sac dans un clac de sèche indignation. Elle a saisi tout le poids d'humour de mon compliment. C'est l'impasse. Tant pis. Je lui ai tendu la perche en lui racontant mon rêve, elle n'en a pas voulu. Nous respirons à fond par prudence, les yeux fermés.

Et quand nous les rouvrons, nous ne

sommes plus deux femmes ordinaires : le restaurant bavard et vermeil est balayé au profit d'un « ailleurs » magique. Constance et moi sommes deux dolmens préhistoriques, chacun dressé aux extrémités opposées d'une grande prairie. D'où venons-nous et qui nous a plantées ici ? Pas d'explication, d'ailleurs on s'en fiche. L'essentiel est de se passer des tyrannies de la chair et du sang toujours assorties d'espoirs déçus. À bas les coups de cœur ! Nous avons la sagesse minérale de nous fier sans réserve au pouvoir du silence qui nous sépare et nous lie à la fois. Dans mille ans nous serons encore ici pour le servir. Peut-être serons-nous rongées à la longue par les soleils, les pluies, les vents, les gels, mais ce n'est pas grave. Sans défaillance nous aurons su préserver nos forces et nos consciences de dolmens jusqu'au bout.

Le bout de quoi ? Pas de bout.

Il n'y a pas eu de commencement, il n'y aura pas de fin. Bonheur et repos dans leur intégralité. La prairie qui nous contient à bonne distance l'une de l'autre doit être située non loin de la mer dont nous entendons s'enfler puis s'éteindre en contrebas les rumeurs.

Le sol est bosselé par endroits. Ca prouve qu'au cours des siècles des arbres ont poussé un peu partout avant d'être sciés ou déracinés, il n'en reste que des souches mutilées. La vie s'est donc maintenue, roulant et s'écoulant sans tenir en compte nos troncs de pierre, exclus, solennels, épargnés, sauvés !

Ah mais non, mais non, pas sauvés du tout ! Les jeux pervers de l'éternité ont eu le plaisir de garder nos sens en éveil afin de mieux les buriner, prolongeant ainsi la fraîcheur de leurs creux et de leurs protubérances. N'est-ce pas un comble ? Je hais l'éternité, sculpteur aux outils d'une obsédante cruauté. Cet artiste méchant a fait de la mère et de la fille deux ouvrages violemment personnalisés dont il a le droit de s'enorgueillir : aussi humble que superbe, il n'est jamais content de lui. Malgré l'entêtement de ses retouches, son travail ne connaîtra pas de fin.

Ce que ça peut être bon de s'abandonner aux folies de l'imagination ! Je suis sur le point de m'aimer. Ça y est, je m'aime !

Constance n'aurait pas l'audacieuse idée, elle, de nous transformer en femmes-dolmens. Je la plains d'être aussi peu douée pour les délires sans quoi la vie manque de sel.

« Rrrrah ! » fait-elle. (Une étincelle s'allume dans le blanc de l'œil.)

Son raclement de gorge, je connais ça, est un reproche déguisé : elle en est restée à la problématique de nos *rien* mutuels. Je me suis dérobée à sa question d'il y a quelques instants. Bien sûr que nos *rien* ont chacun sa forme. Nous sommes environnées d'un tas de *rien* singuliers mais coopérants, les échanges de complicité hypocrite seraient donc possibles. Ainsi notre soirée pourrait, dans l'absolu, se poursuivre et se clore en vagues harmonieuses. Seul obstacle : ma chère mère vient de constater que je suis armée d'un *rien* incommunicable. Telle est ma supériorité. Supposition : si j'essayais de lui expliquer mon histoire de dolmens, elle se frapperait la tempe du bout de l'index pour me signifier que je déraille. Elle couvrirait de baisers son horrible chienne pour me prouver en clair à quel point son *rien* à elle a de la substance : tactile, parfumé, chaud, humain. Bref, il a du *ressentiment.*

Depuis toujours elle use du mot *ressentiment* à la place de *sentiment.* Elle n'a jamais distingué l'un de l'autre. Elle dit par exemple le *ressentiment* d'amour fou qui la liait à son fils. Ou bien : « Depuis près d'un demi-siècle que ton père et moi vivons ensemble, jamais mon *ressentiment* à son égard n'a faibli. » Conclusion : Constance A., ressentimentale par définition, revendique le droit d'être non seulement estimée mais glorifiée.

Au fait, son lapsus est passionnant. On devrait créer un musée universel de ressentiments. Ses innombrables collections subjugueraient les visiteurs venus des cinq continents. On ferait la queue pour accéder à ce temple ressentimental sacré.

Moi, Shadow Memory, suis parmi tant d'autres un monument significatif.

Ma mère glisse un morceau de sucre entre les lèvres noires de Pillow sans pour autant me lâcher du regard, et je devine sa perplexité mélancolique : comment a-t-elle pu mettre au monde une fille de mon genre, c'est-à-dire sûre de sa supériorité et pétrie de prétention ?

Elle tend son bras avec une grâce étudiée, précieuse même, vers les trois œillets décorant notre table.

« Vois-tu, ces fleurs sont l'incarnation du vrai beau, du vrai solide, du vrai franc, du vrai direct, voilà ce qui compte. Elles s'opposent aux fumerolles maniérées dansant en vain dans le bocal de ton cerveau..

— J'étouffe, dis-je.

— Oh ce n'est pas un reproche ! Penser, c'est bien. Comment faire autrement ? La tête se passe de notre autorisation. Encore faut-il penser juste. Tu en es loin. »

Elle retire sa main du bouquet comme s'il en jaillissait du feu.

Il semblerait que notre face-à-face prend un tour singulier : il exerce alentour une influence occulte, il contamine l'air — couleurs, bruits, mouvements, odeurs.

Les clients du début se sont éclipsés avec prudence comme s'ils redoutaient d'être accusés d'activités antidémocratiques. Ils n'ont pas tort.

Dans ce cas, pourquoi sont-ils remplacés aussitôt par de nouveaux dissidents, presque beaux à force de fausse innocence et de santé maligne : ils sont vifs, ils sont frais, ils ont faim, ils s'installent en jetant partout des regards francs de traîtres professionnels. Ils feignent de ne pas nous connaître, Constance et moi. Pourtant aucun d'eux n'ignore que nous sommes pris dans le même réseau de complicités anonymes. J'entends s'enfler un immense « chut » invitant au silence, à la discrétion. Ce qui confirme qu'il serait de bon ton de participer au ballet en cours. On nous prévient qu'il est lié à nos préoccupations personnelles, nous le saurons bientôt.

Sommes-nous surveillées ? oui. Contrôlées ? oui. L'équilibre de notre avenir immédiat dépend d'une énergie exerçant sur ma mère et moi un chantage communautaire infaillible. Nos banales petites chairs doivent se résigner.

Second digestif commandé par Constance.

Ma vie est un lac de sang d'air enflammé. C'est bon. Rouges sont les corps, rouges les visages, rouges les mots.

L'objectivité patiente a mis à mort la subjectivité.

« Tu te sens bien ? » demande la dame sur un ton convivial écœurant. Envie de filer à l'anglaise — malheureusement le courage n'est pas mon fort. Je me borne à détailler ses gesticulations brisées d'automate. Nous voici au cœur du problème : il faut s'arracher à l'humain, sortir de son propre cœur et jeter son âme au rebut. Si j'avais la chance d'être une poupée, quelqu'un tournerait mon remontoir vissé dans le dos et je me mettrais en marche droit devant moi, une-deux, une-deux, raide et spasmodique, aveugle aux yeux fixes, et rien n'infléchirait la cadence mécanisée de ma course. Quelle merveille ce serait ! Je baignerais dans la non-jouissance d'un calme éthéré. Plus de nourritures en perspective, plus d'amour, plus de travail, plus de bla-bla parasitaire... Ivresse garantie de la liberté. Atteint le terme de cette splendide excursion arithmétique, je serais arrêtée net par l'obstacle d'un mur transparent qui ne me ferait ni bien ni mal. Je resterais debout, patiente et fière, absente.

Tiens tiens ! Je suis peut-être transformée en jouet dont le froid et l'inertie exercent un pouvoir de contamination... Mais c'est évident ! autant que moi les gens en ont assez d'être des fruits de chair contraints de cracher d'autres fruits de chair, au suivant ! au suivant ! En apparence leurs mâchoires se dévouent sensuellement aux corvées d'entretien. Les fronts, eux, résistent en souffrant, plissés par un paresseux réflexe de révolte.

Visionnons, délirons : un rayon laser issu de mes yeux rejoint le masque des mangeurs, lesquels se tournent vers Shadow Memory, décideur d'inhumanité. Le tribun d'envergure que je suis enfin leur ordonne l'audace, leur propose une miraculeuse occasion de se libérer. Mes bras tendus font des moulinets. « Que les lâches prennent la porte, dis-je. Place aux héros ! À bas les veules ! » En effet, deux ou trois canailles s'esquivent sur la pointe des pieds et l'échine basse tandis que ceux qui m'ont comprise se lèvent en m'applaudissant. « Il est temps d'agir, fais-je encore. Tous en chœur, mes courageux chéris, vomissons nos organes : nous n'en avons plus besoin ! » La rumeur s'intensifie : oui, oui, oui, oui, elle a raison, il faut obéir... Galvanisés par mon appel à la solidarité, ils bondissent en allumant leurs briquets, ils dansent, ils rient, ils s'entre-regardent, libérés de l'esclavage immonde ! Ah que c'est bon ! Je les tiens tous en mon pouvoir, jeunes et vieux, riches et pauvres, laids et beaux. Certains éclatent en sanglots, s'étreignent, se caressent, piétinent les déchets damnés de leurs viscères.

Fatigue. Fatigue. Effondrement. Folie pure de m'être précipitée dans un ouragan métaphysique inutile. J'entends la femelle en vis-à-vis murmurer à sa chienne des mots d'amour. Je suis tombée dans un piège informel comme la dernière des imbéciles. Pourtant je le connais depuis toujours, ce piège. J'ai beau le voir sourdre et menacer, j'ai beau me raidir, rien à faire : je m'y roule avec une volupté masochiste, quel dégoût !

La volupté du masochisme devrait être

réservée à ceux qui vont dormir : la chaleur des draps, l'obscurité calmante, le corps en chien de fusil, tout cela justifiant le libertinage de l'autodestruction. Horizontalité oblige. Droit moral permettant l'entrée dans une fausse mort, sans doute plus honnête qu'on ne croit.

Cependant moi, consciente de ma verticalité coupable, j'ai commis le crime.

Je devrais avoir honte. Or je n'ai pas honte. Je me contenterai de payer une amende.

À condition de reprendre le sens des réalités plates. Par n'importe quel moyen.

Par exemple : me refroidir jusqu'au gel.

J'y suis.

Je vais être sauvée.

Sauvée par une femme qui se prétend ma mère : elle se repoudre pour la énième fois, pathétiquement avalée par le puits de son petit miroir. Puits de la vérité la plus déchirante : « Tu es vieille, fait-il, je te bois, je t'anéantis, non ma chère, n'essaie pas de me résister, tu ne m'échapperas pas, moi qui suis le fond du fond je t'oblige à connaître le ridicule de tes efforts pour masquer les dégâts de l'âge, "Ô rage, ô désespoir, ô vieillesse ennemie..." »

Un mur entier de la salle de bains du couple Memory (environ deux mètres carrés) expose les produits de beauté de Constance alignés par dizaines sur leurs étagères. Les uns récents, d'autres non, tous ont été entamés avant d'être laissés pour compte. Rangées de laits toniques, déodorants, parfums, eaux de toilette, crèmes de jour et de nuit revitalisantes, masques pour peaux sèches ou grasses, pots, flacons, tubes, vaporisateurs, compte-gouttes, shampooings, démêlants, cires épilatoires, gels de jour et de nuit, brosses dures et douces, pinceaux épais, pinceaux fins, baumes, démaquillants, kleenex, vernis à ongles, limes, ouate en rondelles, rasoirs, bains de bouche, anticors, dentifrices, teintures, rinçages, laques fortes ou légères, ciseaux, pinces, polisseurs, rouges à lèvres, fonds de teint, fards à joues, crayons durs et crayons mous, lotions régénératrices, eaux calmantes, mousses, onguents, huiles, savons, pâtes, peelings, peignes, poudres roses, poudres blanches, poudres bleues, rimmels et mascaras.

Est-ce que j'en oublie ? Je me borne à décrire approximativement ce mur de cauchemar féminin. Muraille indestructible de la Grande Terreur, maçonnée de contreforts et de piliers, de socles et d'arcs-boutants. Posées les unes sur les autres, ces pierres de beauté élèvent des barricades dérisoires, monuments défensifs renversés puis rebâtis en silence, en retrait, en sournois espoirs, en énergies patientes. En somme : une espèce de mur des lamentations à usage intime.

12

Constance se tait

J'envisageais un dîner lumineux, aéré, souvent spirituel, rieur, intime. Je me suis trompée dans mes prévisions.

Des filets barbelés protègent les yeux pourtant si clairs de ma fille. Tant pis pour elle et tant pis pour moi.

Depuis combien d'années a-t-elle banni de son vocabulaire le mot *maman*? Cela coïncide sans doute avec le départ brusqué de Justin K. dont je n'ai jamais su le motif exact. Mystère insondable des couples. J'ai voulu parfois l'interroger par allusions discrètes. Elle a toujours éludé. Son manque de confiance se manifeste souvent par voie détournée, ce qui m'empêche de réagir en direct. Elle ne veut pas. Donc je ne peux pas. Se rend-elle compte à quel point elle me choque et me chagrine? Certainement oui. Elle est fine comme l'ambre, comme l'ombre de son prénom. Rien ne lui échappe de mes jeux de physionomie qui se chargent en vain de lui communiquer un peu de mon désarroi.

Depuis le temps j'aurais dû me résigner. Ce n'est pas le cas.

Admettons : le premier mot articulé par un bébé, c'est *papa*, plus aisément modelable pour de fraîches petites lèvres, donc plus tonique. N'importe quelle jeune mère en ressent aussitôt de l'amertume. Une telle inégalité est injuste, sinon scandaleuse. Dans la candeur de sa frustration, elle suggère quelques diversions lénifiantes. Entre autres :

« Qui préfères-tu, trésor adoré, *papa* ou *maman*, hein ? *papa* ou *maman* ? » souffle-t-elle à l'oreille de l'enfant déjà traumatisé.

Que répondre à cette personne en train de le secouer dramatiquement ? Et il songe (et c'est normal) : « Je préfère *papa* parce qu'il est un homme, parce qu'il est pudique, parce qu'il sait garder la distance. » Alors, afin de se ménager un certain temps de paix, il ment pour la première fois :

« C'est *maman* que je préfère, annonce-t-il en agitant ses petits poings, *mamaman, mamaman* ! »

À force d'avoir censuré ce mot merveilleux, Shadow a fait d'elle une orpheline exilée, mais je m'interdis de le lui dire tout haut, ce serait indigne de ma part. Freinons. Il n'est pas exclu que le déclic ait lieu du reste. Elle l'attend peut-être aussi : elle est soudain toute grise, opaque et dure. Une drôle d'idée me vient. Au lieu d'être deux femmes en vis-à-vis, nous sommes deux dolmens dressés aux bouts opposés d'une prairie, et la rumeur de l'océan vient jusqu'à nous. J'apprécie mon imagination, ce dont Shadow est dépourvue. Pierre tu étais, pierre nous sommes, ma petite chérie.

Ralph nous avait emmenés en vacances au bord de l'Atlantique. Le père et le fils s'amusaient dans les creux de la falaise tandis que Shadow et moi nous nous disputions pour je ne sais plus quelle bêtise. Nous nous étions éloignées l'une de l'autre, comme enracinées minéralement dans l'herbe qu'animait le chant sec et rythmé des grillons. Le boucan assourdi des vagues était le prolongement du vide qui nous écrasait et nous rigidifiait au sommet du plateau, nous les femmes.

En somme, je suis la dépositaire et la gardienne patentée des trésors lyriques appartenant aux Memory. Une espèce de coffre-fort. Ou bien un musée unique en son genre. Ce n'est pas si mal après tout. Si je ne me suis pas, comme on dit, *réalisée* à travers la musique ou la peinture ou la littérature, c'est ma mémoire qui m'a prise en charge en réussissant un coup fumant : grâce à des paquets de souvenirs étincelants, elle n'a jamais cessé de me travailler au corps pour entretenir sa forme. Je suis devenue ainsi un chef-d'œuvre sans passé touchable, sans vrai présent, et peut-être même sans avenir.

« N'est-ce pas, mon ange ? » dis-je à Pillow qui vient de se réveiller et s'étire en bâillant.

L'entrée rose de sa gueule est un palais. Elle est ma complice. Par instinct, elle comprend tout de moi. Sans son petit corps soyeux et chaud frémissant d'amour je serais seule, seule, seule au monde. Soyons objective : Ralph et Shadow Memory n'occupent aucune place essentielle dans la vie de Constance A. parce qu'ils refusent d'admettre qu'un grand amour, un amour profond, un amour authentique n'est rien de plus qu'un tremblement ininterrompu de communication suppliante.

Ma fille a sifflé son second alcool. Elle est rouge. Elle est belle. Il n'est pas exclu qu'elle ait un penchant pour la boisson. Je ne lui donnerais pas tort. Pendant toute mon enfance, j'ai entendu les lamentations d'Adeline A. qui prétendait que son mari buvait. Pauvre papa que j'aimais surtout quand il rentrait ivre à la maison...

Les alcooliques ne sont pas vicieux comme essaie de vous en persuader l'idée reçue. À leur manière ils sont des artistes s'accordant le droit de glisser à la surface d'un sol flou fait à leurs mesures. Ils tombent, ils piquent un petit somme, ils se redressent en titubant pour mieux sauter par-dessus des milliers d'obstacles, délirants ou non. Habités par un incorruptible noyau de pureté, ils sont les vrais nobles d'ici-bas, les vrais lucides, les vrais forts, les vrais fous, les vrais beaux. En bref : les triomphateurs de l'espèce.

La solitude est un corps parlant. Elle attaque où elle veut, quand elle veut.

Ralph, mon jeune et vieil amour, mon adversaire favori, si tu savais à quel point tu me manques ! Si j'étais près de toi, tu me sauverais.

Ici ma solitude hausse le ton. Avec la vivacité d'un sang artériel, elle ne cesse de me persuader que je suis vieille, vieille, vieille.

Dieu sait si le suicide de notre garçon m'a poignardée. Tout compte fait il a peut-être eu raison. Se retirer dans les coulisses du spectacle ne manque pas d'allure. Il est inexact d'assurer que toutes les mères sont douées d'un sens divinatoire. Dans ce cas, j'aurais pris John sur mes genoux (comme quand il était petit) lors de sa dernière visite avant Pâques, et je l'aurais cajolé. Je n'ai rien senti du tout. Nous avons fixé notre rendez-vous de fête de famille, il paraissait content à sa manière : réservé, gentil, un peu sombre. « Sauve-toi, mon chéri, ai-je dit, il se fait tard. » Je n'ai pas deviné que je ne le reverrais plus vivant. Il faisait froid, une petite neige d'argent serrée tombait en oblique et je lui ai fait un dernier signe par la fenêtre. Il portait pour la première fois une sorte de manteau-pèlerine en drap noir qui lui pendait jusqu'aux talons ainsi que des gants de peau noire, le romantisme plutôt théâtral et maniéré de sa tenue me gênait, j'ignore pourquoi. Voilà-voilà.

« Voilà-voilà quoi ? » demande Shadow troublée.

J'ai dû dire « voilà-voilà » tout haut. Le décalage entre le dit et le non-dit est imperceptible. Mon « voilà-voilà » insignifiant colmate un trou au fond duquel je risque de tomber. En fait il est comparable à une sorte de serrure magique dont ma fille et moi rêvons sans le savoir. Si nous acceptons toutes les deux d'y enfoncer une clé non moins magique avant de la faire tourner deux fois (voilà-voilà), les choses se modifieront à notre avantage.

D'instinct, Shadow se penche vers moi.

D'instinct, je me penche vers elle.

Simultanéité d'interrogation. Double vertige. La clé tourne.

« *Maman* », balbutie soudain ma fille en appuyant sur les deux syllabes. Elle ne tient pas compte de ma surprise. Elle répète d'un trait ce fameux mot de passe depuis longtemps perdu. Elle va même jusqu'à retrouver ses inflexions tremblées de petite fille à la recherche de son nid originel. Elle avait l'habitude de couper en deux, nettement, ce nom si simple et compact dans l'espoir puéril de le prolonger, ce qui donnait *ma-man*.

« Ma-man, fait-elle de nouveau, ma-man, ma-man. »

C'est clair : elle a l'intention de chasser

l'ombre éventuelle d'une ambiguïté d'interprétation.

J'ai mal.

Si le langage admis n'était pas si étriqué, on devrait pouvoir exprimer le contraire avec naturel, je dirais dans ce cas « J'ai bon ».

Une force imprécise m'entraîne à l'intérieur d'un espace aussi moelleux qu'éprouvant. Les poumons s'y bloquent, le cerveau brûle, j'ai bon, j'étouffe, un terrible bien-être m'enveloppe, j'ai bon mais j'ai peur, non-non-non le bien-être n'est pas fait pour moi. Oh Ruse, déesse de la femellité, protège-moi. Trop tard.

Shadow allonge le bras avec une feinte nonchalance. Et voici que sa main lisse et fraîche vient couvrir la mienne.

« Tu es superbe, maman. »

Pas possible. Je me perds dans le labyrinthe d'un rêve idiot.

Mais elle :

« Tu es de plus en plus belle. »

Je souhaite redevenir Constance la dure. Mais elle encore :

« Je ne t'ai jamais dit à quel point j'adore ton amour pour la toilette et les bijoux.

— Vraiment ?

— Vraiment. »

Une timidité coquette, attentive et sensuelle échauffe mes nerfs. C'est comique et beau. Shadow et moi respirons tout à coup, sans avoir rien demandé à personne, un air fabuleux. Arrachés du sol qui les gardait prisonniers, les dolmens vont à la rencontre l'un de l'autre.

Deux mains qui ont cessé de nous appartenir s'enlacent et s'étreignent là, sous nos regards incrédules, parmi les assiettes et les verres. On peut imaginer qu'il s'agit d'un geste sans suite. Nous pouvons nous reprendre, nous n'ajouterons plus rien.

Eh bien pas du tout : nous sommes au début.

Ma fille me le prouve : d'un trait elle me raconte avec volubilité un voyage qui l'avait conduite en Flandre en compagnie de Justin K. au début de leur vie commune. Dans une église ils étaient tombés en arrêt devant une Vierge en bois polychrome sommée d'un dais d'or et soutenue par un bataillon de chérubins d'or, sa couronne de pierres précieuses et son manteau brodé ne la gênaient pas : au contraire, la modestie de son sourire de poupée cachait un plaisir qu'elle ne voulait partager avec personne.

La surprise, teintée d'un désir dont la violence m'effraie, m'oblige à l'interrompre :

« Quel rapport ?

— Eh bien nous avons pensé que tu étais le sosie de cette sainte femme peinturlurée portant un luxueux bébé dont tout donnait à croire qu'il s'agissait de l'Enfant Jésus. Nous avons pouffé. Justin allait jusqu'à prétendre que cette Vierge se servait du nourrisson comme alibi de fausse maternité. Dans ses atours et ses chichis scintillants elle n'était rien de plus qu'une call-girl de haut vol. »

Je lance une petite phrase de protestation confuse et ravie.

Shadow me pose les doigts sur la bouche. Elle m'ordonne d'écouter jusqu'au bout, oui, elle poursuit son histoire à toute allure en détachant les syllabes de chaque mot afin que je n'en perde pas un seul. Ses yeux s'emplissent de larmes, elle tremble un peu, elle répète à plusieurs reprises avec une espièglerie presque tendre « call-girl ». Elle est jolie. Elle est bonne. Elle m'amuse.

« Écoute, écoute, reprend-elle.

— J'écoute.

— Plus tard, Justin et moi avons acheté une Vierge sous globe du même genre et nous l'avons appelée Constance, elle occupait une place d'honneur sur la cheminée de notre salon jusqu'au jour où la femme de ménage l'a brisée par maladresse.

— Ho ! dis-je faiblement.

— Et nous n'avons jamais jeté les débris. Enveloppés dans du papier journal, ils sont rangés au fond d'un tiroir. »

Tout est léger, perlé, un plaisir argenté nous soulève comme deux ludions. Nos mains se séparent, nous n'avons plus peur du vide, un surprenant « bien entendu » nous unit parce nous avons tué pour de bon « l'hydre de la haine originelle », dis-je sans savoir si cette jolie formule est prononcée tout haut. Sans doute ! Ma fille vient de lâcher un rire neuf, un rire qu'elle n'a jamais eu, un rire de pur amour nous secouant à la fois le cœur et le corps. Est-ce possible ? Oui. Tout devient sensuellement possible. L'atmosphère de la salle entière s'accorde à nous. La mère et la fille sont les héroïnes et les auteurs d'un roman qu'elles ont médité longtemps avant d'en venir à bout. Elles sont contentes de leur travail. C'est bien écrit, ça vient de loin et ça va loin, pourtant ça mérite d'être corrigé, creusé, augmenté, vérifié point par point. En résumé : vécu. Oui : il va falloir vivre ce qui ne l'a pas été jusqu'à ce soir. La gageure est stupéfiante peut-être mais pleine d'intérêt, réclamant de part et d'autre de considérables dépenses d'énergie, d'audace et de prudence, assorties de périlleux intermèdes au cours desquels nous croirons de nouveau perdre la partie.

« Shadow, mon enfant, nous gagnerons, n'est-ce pas ? »

Elle n'a pas besoin de répondre à cette question posée mentalement. Elle ne regarde que moi, que moi, sa mère.

Je lance alentour des coups d'œil de sympathie. Je réclame la collaboration passive de nos voisins, je suis au bord d'aimer ceux qui s'en vont et ceux qui s'installent. J'enveloppe ces inconnus dans ma sphère enchantée. Shadow fait de même. Admettons-le : grâce à elle, Constance est enfin la prostituée majeure indiscutable, convoitée par n'importe qui. La preuve ? Deux messieurs à lunettes, calvitie distinguée, cravate de soie, chaussures miroitantes et complet trois-pièces, prennent la table à côté puis extraient de leur attaché-case à serrure électronique des liasses de papiers où ce ne sont pas les mots qui dominent mais les chiffres. Crétins ! Les chiffres seuls les intéressent, on les entend susurrer des mots abjects : marketing, actions, valeurs, placements, intérêts, pourcentages, Bourse, indices, tendances, boom, cote, etc., avec passion.

Je souffre un peu.

Je rétrograde. Aïe.

Shadow devine. Elle ne veut pas que sa petite maman souffre. Elle répète que je suis la plus belle femme du monde.

Tu mens, chérie. Il n'y a pas si longtemps, nos voisins auraient louché dans ma direction. Ce n'est pas le cas. Ce n'est plus le cas.

« Regarde-les, dis-je avec une désinvolture feinte, noyés dans leurs statistiques, dividendes, marks, billets verts, comptes et douanes, etc. On les prendrait pour des amants coupables en rut. Mêmes physionomies ravagées, mêmes stylomines verts pour les gains, rouges pour les pertes... Échines creusées par l'imminence d'un plaisir illicite. À l'abri de leurs petites cuisines administratives et financières, ils cocufient à l'instant même les femmes (épouses, maîtresses) qui ont ciré ce matin leurs chaussures et repassé les chemises. Ont-ils des enfants ? Oui, mais ces chers petits anges sont rayés du programme. Ardents, vibrants, concentrés crapuleusement, ils sont venus ici mêler leurs sexes mentaux sur un lit d'amour clandestin.

— Lit d'amour », reprend-elle sur un ton rêveur.

Elle réagit à mon pathos par un éternuement, orgasmatchoum ! orgasmatchoum ! orgasmatchoum ! Elle désapprouve mon retour en arrière dans notre roman à double tête. Elle ne m'en veut pas pourtant. Elle se borne à signaler l'erreur de direction et m'engage à raturer ça, ça et ça.

« Ne t'occupe pas des voisins, explique-t-elle en substance, puisque tu as noté leur vulgarité. "Vulgarité" doit être pris au sens large, ma mère, tu le sais aussi. Ils ne sont que pauvres, besogneux et tristes. Fiche-leur la paix. Ils ont le droit de vivre.

— Tu as raison.

— J'ai toujours raison. »

Les géniaux écrivains que nous sommes préparent les corrections du chapitre en cours.

13

Shadow pleure

Nous sommes passées dans la chambre à côté de nos cerveaux. Maman et moi possédons le monde qui, stimulé, nous possède.

Nous ne sortirons pas de ce restaurant comme nous y sommes entrées.

Première opération d'envergure : se délivrer chacune de ses entraves génétiques, c'est-à-dire bouger, avancer, voler, tout faire pour ne pas empêcher le mouvement.

Nous serons jeunes ensemble, ma mère, si tu t'engages à ravaler tes complexes de vieille femme et si nous refusons de nous conduire en commères usées bêtifiantes.

Il est essentiel, me dis-je en la regardant droit dans les yeux, de biffer du programme son double contenu de détresses.

Tu sens ?

Elle sent.

J'ignore tout de toi. Tu ignores tout de moi. La perspective de se dévoiler à l'autre n'est-elle pas exaltante ?

Par quel bout allons-nous commencer ? Voilà le problème. J'ai déjà prouvé ma témérité en te racontant l'histoire de la Vierge-putain. Justin et moi te faisions là un compliment fondamental. Y a-t-il au monde une seule femme qui ne désire en secret être à la fois vierge et putain ?

Tu es d'accord, bien que ton sourire déjà se fane. Tu es déchirée par le regret d'avoir manqué ça, oh ma petite sœur...

Je t'offre une diversion, si tu veux, en entamant le chapitre Justin. Tu acceptes encore en secouant la tête au ralenti. J'aime les ralentis dans un film car ils échappent à l'autorité de l'acteur et du regardeur, sortent du cadre du Temps, démontrent que la liberté se cache où elle veut. Exemple : un homme frappé à mort paraît décoller du sol comme un nageur qui, délicatement, se noue à l'air tel un câble dont les nœuds se défont. Ainsi le corps, brisant l'anneau qui le rivait encore à la vie, rejoint en souplesse sa propre fin en attente, à plat, sur le terrain.

Donc, Justin. Tu te souviens ? Ma question la trouble. Dieu qu'elle est touchante. Et transparente ! J'aime ça.

Justin venait à la maison pour aider John à revoir ses cours. Les deux garçons s'enfermaient dans sa chambre. On les entendait parler bas, rire aussi, entre de longs silences. Puis tu nous préparais le goûter, et ton parfum trop lourd nous écœurait. Un jour, comme poussé par un aplomb merveilleux qui contrastait avec la sauvagerie de son caractère, Justin t'a demandé de poser chez lui pour y faire ton portrait. Sans hésitation, tu as dit oui.

Elle sourit, de plus en plus troublée mais ravie. Nous y sommes, petite mère...

« Tu faisais l'amour avec notre ami Justin ?

— Je faisais l'amour avec votre ami Justin... »

(Hé là, pas plus difficile que ça !)

« Nous l'avions deviné, figure-toi. On en souffrait, point à la ligne. On se serait fait hacher plutôt que d'en parler... » Poursuivons :

« C'était bien ?

— Son atelier était un capharnaüm incroyable... » (Halte, elle se dérobe.)

« C'était bien ?

— Nous avions peu de temps », ajoute maman dont les paupières se plissent pour en exprimer de très anciennes images. De plus en plus à l'aise, elle soupire : « Il était si jeune, vois-tu. Il me prenait avec...

— *Prendre*, ça signifie quoi ?

— *Prendre* ? » fait-elle en pressant sa serviette contre sa bouche. Et la voici entrée dans le détail de leurs rapports avec un charme de vocabulaire qui m'épate. « *Prendre* se conjugue en milliers de modes différents...

— Et tu ?...

— Oui, je... »

Ah les deux commères intimes, les deux jumelles sourcilleuses ont sauté à pieds joints dans la seule petite flaque de confidences qui puisse captiver, exciter, amuser, elles s'ébrouent en elles-mêmes, aussi admirables que ridicules, il n'y a rien d'autre dans la vie que ça. Soudain grave et concentrée, maman agite les doigts comme pour chasser une mouche. Et moi, presque en grondant :

« Tu n'avais pas honte de tromper papa ?

— Mais non, voyons ! » (Elle joue à la fillette effrayée.) « Il s'est toujours servi de sa mémoire mutilée pour y dormir. Il ne s'est réveillé qu'après la mort de John.

— Oh maman », fais-je alors sur un ton moqueur masquant mon admiration. (Cette femme baroque est pleine de bravoure.) « Tu sais qui nous sommes en ce moment ? Deux ermites commençant l'élaboration d'un roman verbal inouï. Nous sommes des pionnières, des avant-gardistes, nous aurons l'audace de nous égarer dans des régions sauvages, nous tracerons des chemins secondaires et des routes principales. Nous sommes et nous serons exemplaires, *ma chérie...* »

Parfaitement ! C'est Shadow Memory qui prend l'initiative de jeter à la figure de sa mère le mot jusqu'alors tabou... (Véhémence appuyée, rythmée :)

« Nous sommes belles, et notre sagesse nous permet d'être folles... »

Elle acquiesce en douceur. J'enchaîne :

« J'ai passé ma vie à te sous-estimer, cela se traduisait par un nœud sombre de méfiance dès que tu m'adressais la parole. Je haïssais tes repoussantes crises de maternité. Tu avais beau me tendre les bras pour me caresser à distance, je te fuyais avec horreur. Mon arme défensive absolue : le mensonge.

— Ah tu mentais ? » (Déhanchement d'indignation imperceptible.)

« Je ne ratais jamais l'occasion.

— Alors, ce que tu dis en ce moment même est un mensonge ?

— Question stupide, ma mère, tu refuses encore d'admettre ce qui nous arrive.

— Laisse-moi le temps de respirer, j'ai peine à te suivre. »

Nous avons baissé le ton pour mieux nous concentrer. Souples, ardentes, nous nous abandonnons sans vergogne, nous nous ouvrons, nous nous livrons, nous n'avons plus peur de plonger face à face et de nager côte à côte dans le flot lumineux d'une abjection liée à notre sexe. Nous nous redressons avec fierté, trempées des pieds à la tête par une eau lustrale empoisonnée. C'est dégoûtant, c'est grotesque, mais tellement bon que nous sommes pardonnées d'avance.

Toute frémissante, Constance A. m'ordonne de lui raconter mon premier gros vrai mensonge. Le frisson de sa bouche est contagieux.

Nous sommes, comme on dit, « aux anges », expression mystérieusement juste. D'un seul trait je lui raconte une certaine fête de fin d'année scolaire, j'avais quinze ans, mon amie Totty en avait seize, te souviens-tu de cette grande fille brune et musclée ? (oui, elle se souvient). Elle m'a invitée à danser un slow, ses seins lourds et chauds s'appuyaient aux miens, nous nous balancions en mesure, mes genoux tremblaient, ma tête était calée entre son cou puissant et son épaule remontée, je découvrais avec émerveillement que je l'aimais, tu comprends ça ? (elle acquiesce encore en gloussant), dans un certain sens, vois-tu, Totty était mon premier homme, et tout à coup la musique nous a poussées hors de la salle, jusqu'à l'étroit vestiaire d'à côté où nos manteaux pendaient contre les murs comme des peaux d'enfants mortes, à ce moment Totty m'a serrée si fort que j'ai failli m'évanouir, ensuite elle a posé sa bouche contre la mienne, longtemps mais légèrement, elle n'essayait pas d'aller plus loin, elle décidait que cela resterait entre nous un simple, un brûlant baiser d'ouverture.

« Et alors ? » interroge Constance. (Véhémence joyeuse.)

« Alors, rien. Une fois la musique tombée, nous nous sommes écartées l'une de l'autre, moi chancelante et l'autre forte et calme avec sa mâchoire de jument et ses cheveux ultracourts plantés bas sur le front. Nous avons regagné la salle de danse comme si rien ne s'était passé. D'ailleurs il ne s'était rien passé. Deux mois plus tard elle est morte d'une appendicite mal soignée. Bye bye, Totty, mon premier homme ! Tu n'as rien su de cette histoire. Es-tu choquée ?

— Non », fait maman.

Une épingle d'écaille plantée dans son chignon menaçant de tomber, je me penche avec élan pour la remettre en place. Ses joues se sont empourprées, je suis aussi émue qu'elle. Enchaînons pour ne pas perdre notre acquit.

Révélation foudroyante après mon slow avec Totty, comparable, oui, au désir de la mort en fin d'une vie trop longue : j'aimais Constance A.

« Ma passion me brûlait jour et nuit, maman ! Tu bougeais autant dans mes rêves que dans la réalité, je te suivais partout, je te guettais, je t'espionnais, je te traquais, je n'accordais aucun répit à mon bonheur tout neuf d'être ta fille. J'avais par-dessus tout soif de toi le matin, dans la salle de bains. Pendant que je me lavais, tu te coiffais selon un rite aussi fascinant qu'immuable. Au fond du miroir tapissant l'un des murs, ton reflet se mouvant comme en extase semblait te pomper tes forces à mesure, il s'en fallait de peu qu'il ne t'absorbe, c'est-à-dire qu'il ne t'arrache à moi. Tu cédais volontiers à l'attraction de ton image, et Shadow Memory ne comptait plus : ton regard de réalité et ton regard de réflection s'enlaçaient avec un plaisir d'impudeur qui me brisait de jalousie. Je courais m'enfermer dans ma chambre pour y sangloter à l'aise et répéter "Maman, maman, oh ma maman à moi…". »

Elle s'évente à coups de serviette en se rengorgeant. Elle a tort, elle est naïve, elle ne prévoit pas la suite.

« Par chance, un réflexe de santé a renversé la situation du jour au lendemain, vois-tu. Un soir je me suis endormie dans mon petit enfer d'amour comme d'habitude. Mais au réveil, pff, il s'était volatilisé. Délivrée de l'obsession, je me suis levée fraîche et dispose. Je respirais de nouveau. Je pouvais désormais te haïr avec autant de passion que je t'adorais la veille. C'était bon ! Je me sentais jeune pour la première fois, agile et bondissante. Ma détestation à ton égard devenait un corps actif, charnel, conscient, néfaste et cruel peut-être, mais opulent. Aussitôt je me suis arrangée pour l'attaquer en me soumettant au plaisir souverain de la Haine disant : "Constance est un monstre d'égoïsme hystérique, ma pauvre petite Shadow. Blesse-la sans scrupule ! Elle n'a jamais été une vraie mère. Elle s'est seulement costumée en mère. Ton devoir est de te venger au coup par coup sans lui laisser la moindre chance de survie. Écrasée, la Bête qui prétend t'avoir mise au monde ! Piétinés, les sentiments conventionnels ! Tu as conquis le droit d'aller jusqu'au bout de toi-même...". »

En guise de diversion, elle hausse les épaules, pose quelques baisers timides sur le crâne de Pillow en me lançant des coups d'œil en dessous, éteints, implorants. Elle souhaite s'éloigner à des siècles-lumière de sa fille, laquelle ne serait plus sa fille dès lors, mais une extraterrestre.

L'heure de nos libérations a sonné.

Notre paysage nouveau pulvérise la salle-à-bouffer scintillante.

L'infini douteux d'un horizon circulaire serait inconvenant : il supposerait un principe de clôture.

Plus de clôture pour la mère et la fille. Plus de prison.

C'est ici la liberté. Ici le grand large du silence. Ici la respiration. Ici la disponibilité. Ici la parole. Ici l'aveu, la confiance, l'originalité. Bref la joie.

Si je dis *tu* à ma mère qui me renvoie un *tu* anodin, amer et surpris jusqu'à l'indignation, il est inutile de s'inquiéter : les deux *tu*, délivrés de leurs cachots, bondissent à la rencontre de l'autre avec une légèreté d'oiseaux. Aucun danger non plus de ce côté-là. Au lieu de se cogner en plein vol, ils se contourneront à la vitesse de l'éclair. Raison supplémentaire de s'adorer en toute indépendance, gorgés par le plaisir de n'être plus seuls au monde.

La famille Memory a toujours vécu en marge. Papa ne s'était fait aucun ami parmi ses collègues de bureau, personne jamais n'était invité à la maison où nous formions tous les quatre un noyau dur d'intimité feutrée. Quand je dis *intimité*, façon de parler. On se taisait ensemble, on avait besoin d'être ensemble pour mieux se taire, on ne se regardait qu'à peine, en douce, lorsqu'il n'y avait pas moyen de faire autrement, « bonjour, bonsoir, passe-moi le sel s'il te plaît, il fait froid ce matin, il pleut ce soir, est-ce que le rôti est bon ? excellent, les programmes de télé sont minables, je suis bien d'accord, tu as bonne mine, tu as mauvaise mine, etc. » et c'était suffisant. Il était arrivé pourtant que certaines personnes, soit par inconscience ou par malignité, essaient de s'introduire dans notre sanctuaire : elles venaient sonner à l'improviste, on les accueillait avec une sympathie bienveillante, on allait jusqu'à leur servir un rafraîchissement. Prises au piège, elles se croyaient admises, incluses. On les regardait s'animer, se répandre, jusqu'à ce qu'elles finissent par deviner qu'on les engageait à filer. L'indifférence Memory triomphait. Nous nous retrouvions au creux de notre nid muet. Et subitement le départ des intrus nous plongeait dans une ébriété calme, réfléchie, douloureuse à force de lucidité : nous nous aimions ; nous étions heureux, nous étions comblés, nous n'avions besoin de personne, jamais nous n'aurions besoin de qui que ce soit, nous étions comme arrosés par une eau baptismale purifiante, la solidité de notre entente se faisait quasi minérale. Sensation si forte qu'elle finissait par nous bouleverser chacun pour soi. L'un de nous, John ou moi par exemple, donnait le signal du défoulement par une plaisanterie : façon comme une autre de nous soulager d'une rêverie trop douce. Aussitôt nous retombions à pieds joints dans une réalité rassurante parce que stricte, assez froide en somme. Avant le dîner, Ralph Memory se retirait dans sa chambre pour une petite sieste tandis que Constance A. traînait devant les miroirs de la salle de bains. Elle s'y refaisait une beauté comme on dit. John et moi l'écoutions manipuler ses flacons, ses peignes et ses brosses. Et la série de ces chocs légers achevait de nous apaiser parce que liée à notre commune indépendance. Le frère et la sœur remarquaient seulement alors — sans se le dire — que le fait d'avoir chassé les visiteurs importuns transformait l'atmosphère. Les meubles et les objets, du plus modeste au plus précieux, étaient enfin nos complices. Il fallait leur accorder notre confiance, ils nous prenaient en charge d'office, ils organisaient l'espace, étageaient à leur façon les volumes et les perspectives, repoussaient plafonds, parquets ou murs afin que, n'importe où, nous nous sachions de plain-pied avec nous-mêmes.

Longtemps nous avons cru que cet état de concentration paisible, c'est-à-dire la négation tacite du temps, durerait toujours. Notre bonheur de famille était, à la limite, le contraire du bonheur — mièvre utopie, utopie abjecte. Les enfants se chamaillaient, il y avait des cris, des pleurs, des ordres, des supplications, des complots orduriers, et nous ignorions à l'époque qu'il s'agissait de l'aveu renversé d'un amour hors du commun. Mais voilà ! Petit à petit et sans qu'aucun n'y prenne garde, les quatre imprévoyants Memory se sont mis à casser le jeu, disperser les pions, oublier les pouvoirs du silence : on appelle ça vulgairement « grandir » et « vieillir ».

Malgré son air d'évanescence préoccupée, Constance A. enregistre en détail mes divagations, non pas pour m'aimer un peu, beaucoup, passionnément, mais davantage pour affirmer nos différences jusqu'à la cruauté.

Elle tourne la tête pour ne m'offrir que son profil. Le cou se tend, le menton saille. L'œil est comme soudain voilé par une taie. Ce signe d'orgueil hermétique ne trompe jamais : je le connais par cœur et il m'instruit mieux que n'importe quel discours.

Elle ressemble au grand duc du Jardin des plantes. Quand John et moi nous nous attardions devant son grillage, il méprisait ses admirateurs, l'oiseau rapace emprisonné, il refusait nos effusions.

14

Constance rit

Désorientée, ma fille ! Elle estime qu'elle s'est laissé avoir par un afflux de sentiments standard. Elle ne maîtrise plus la situation et ça la gêne, elle se demande comment en sortir, la pauvre petite chérie. Mon strict devoir de mère est de lui rendre sa sérénité, une sérénité qui se refuse à la fatalité des effusions. Je veux l'aider. Je vais l'aider. Je l'aide. Fions-nous aux corps. L'âme et le cœur sont des facteurs incontrôlés de décomposition. La preuve : elle a pris son air frileux rétréci. Alors, moi :

« Que penses-tu de ma prothèse dentaire ? »

Bravo. « Prothèse » la remet dans le droit chemin, elle redevient toute rose avec une touche de lumière au sommet des joues. Soyons honnête : j'ai failli me laisser avoir aussi. Ouf.

« Superbe », me dit-elle dans un joli soupir.

Pour consolider mes défenses je lui raconte une fois de plus mes rendez-vous chez le stomatologue et comment il cisaillait, fouillait, vissait, etc. D'habitude elle se rebiffe. Pas ce soir. Douce mais ardente, elle écoute. « Rincez-vous », m'ordonnait le bonhomme aussi bienveillant que taciturne. Enfin planté l'appareil, il avait seulement grogné « fa-bu-leux » puis « somptueux » pour glisser un peu de poésie dans nos rapports. En fait il s'adressait à ma bouche plutôt qu'à moi. Pourquoi choisir cette spécialisation ignoble ? Par vocation, sans doute, commente ma fille. Ça y est, je la tiens. Il n'y a plus qu'à conclure : le stomato est un aventurier des profondeurs, il s'intéresse à nos grottes miniatures pour y satisfaire son instinct d'agression. Tous les hommes sont des violeurs en puissance. Je la tiens si bien, ma petite, qu'elle étouffe de rire. Maintenant elle sait que nous avons crevé le mur cadastral séparant nos terrains, elle est rassurée, l'air libre qui commence à nous fouetter annonce d'intéressantes prospections, des repos ombragés dans les creux avec une infinité de saveurs, senteurs, tacts, plaisirs et lassitudes. Moi, provocante :

« Mademoiselle Shadow Memory, es-tu vraiment ma fille ?

— Oui et non, madame Constance A. »

Délices ! Déclics ! on vient tout juste de nous présenter l'une à l'autre. Disponibilité, rapidité, réflexes de sportives haut de gamme, plus de rivalités : en complices rusées nous ne désirons plus que la victoire éclairante de l'intimité. Nous voici bien engagées dans l'affaire, trop tard d'ailleurs pour régresser, ce qui serait une trahison catastrophique : nous ferions exploser la planète où quatre milliards d'individus seraient ensevelis sous les décombres par notre faute.

Éloquente, ma fille.

Événement sans précédent : nous nous dévisageons en face, alors que nos yeux ont toujours feint de blesser l'autre sans en avoir l'air, ni vu ni connu. Les paupières bien écartées de Shadow accentuent le blanc-bleu de la cornée et le gris des prunelles. Suis-je en train de lui refiler ces images lyriques au moyen de pauvres mots ? Pas du tout. Nous pouvons nous en passer, nos sens ont basculé, les yeux de Shadow m'écoutent et ses oreilles me voient. Il se fait tard, songe-t-elle après avoir consulté sa montre dont la mécanique bat sans pudeur sous le cadran vitré : ce petit mammifère de métal qui mesure le temps est aussi bavard que rassurant. Dommage que nos corps n'aient pas été conçus ainsi. Dieu a manqué d'imagination. Il aurait dû faire de nous des bulles incapables de cacher leurs complexes. Au trou, les psychanalystes, profiteurs d'opacité ! Entrailles avouées ! Cœurs à quartz !

« Oui, oui », fait Shadow en secouant sa jolie tête bouclée.

Et sans transition (simple rapport de cause à effet) elle me demande avec une tendre brutalité de lui parler de son père. Je me raidis, soumise encore à mes vieux réflexes de surdité défensive. Et c'est un tort.

« Oui, oui, tu as tort », dit-elle sans dire.

Son visage est soudain d'une telle beauté que, d'instinct, je lui tends les bras.

D'instinct elle saisit mes vieilles mains entre les siennes encore si jeunes, solides et fraîches. Et la voilà qui pose sur mes mains de vieille femme plusieurs baisers discrets. On dirait un rêve. Personne alentour n'a perçu ce geste grandiose.

« Te parler de ton père ?

— Oui, de papa. »

Bien qu'elle n'ait pas baisé mes mains dans le cadre de notre réalité mélancolique, *moralement* et *malgré tout* l'acte s'est produit, même si j'ai l'hypocrisie de ramener mes bras sur Pillow toujours endormie au creux de mes genoux. En baptisant ainsi ce cher animal, je n'ai pas songé que ça rimait avec Shadow. Ralph me l'a fait remarquer avec un humour flegmatique bien anglais, mais comme je lui manifestais un étonnement agacé il est devenu fou furieux…

(Parle-moi de lui, répète ma fille.)

… fou furieux. C'est rare heureusement car c'est terrible. Il tremble, il trépigne, ses yeux bleus crachent des éclairs, il vire presque au noir, son torse double de volume, il se met à gueuler, aïe, je n'ai plus qu'à ravaler mes griefs et déguerpir.

« Sage, Pillow, mon trésor… »

Avec délicatesse je mets quelques tapes sur son crâne, oh comme je l'adore, ce pauvre ange a sûrement besoin de faire pipi…

Éluder ne sert plus à rien, Shadow reprend avec fermeté son « Parle-moi de papa ». Bon. Le regard étincelant de cette jeune personne donne le feu vert à la voix des confidences, la curiosité enflamme sa physionomie. Elle veut. Elle exige une plongée en direct vers les fonds ténébreux des vérités jusqu'à présent plombées. Elle veut. Donc je dois. Donc il faut. Les demi-mesures ne sont plus de mise. Notons : la nervosité fragile et décidée de son attente, contagieuse, secoue l'espace entier du restaurant. Bizarre électricité. Nous pensions être seules. Il n'en est rien. Tout le monde nous ressemble. Tout le monde est atteint. Belle unanimité d'effroi : des gens gagnent la sortie en se cognant aux tables, ils redoutent d'être attaqués par les deux fauves que nous sommes enfin, Shadow et moi, attirées par le sang cru de la vérité, oui, enfin-enfin, observons surtout les femmes, grandes malades d'une vulnérabilité qui s'avoue ! Pâles dans leurs habits froissés, serrant leurs sacs avachis, vacillant sur leurs hauts talons, elles inspirent presque de la pitié. Les hommes sont plus contrôlés, bien qu'au fond du fond leur panique soit pareille. Oh ma chérie, ma chérie, n'est-ce pas merveilleux d'être perdues dans cette communauté viscérale en fuite ? N'as-tu pas envie de les manger ?

Alors tu souhaites entrer dans les détails de ma rencontre avec ton futur père ? Allons-y, la vie est belle. Écoute-moi bien, jamais je ne te répéterai ce qui suit. Jusqu'au jour de la Libération, j'étais restée fidèle à mon mari surnommé Malingre : ivrogne et paresseux, il se prenait pour le plus grand poète du siècle. Est-ce que je l'aimais encore ? pas sûr. Je me laissais convoiter par un tas d'hommes assommants dont les assiduités suffisaient à me prouver que j'étais un animal érotique de premier choix, ça n'allait pas plus loin. Jusqu'à ce fameux soir du mois d'août 1944. Malingre et moi prenions un verre dans une brasserie bondée de la Grand-Place lorsque j'ai repéré un soldat anglais aux longs bras pendants, mains ouvertes comme celles d'un vieux jeune homme incertain. Comment t'expliquer le choc ? Je me suis précipitée vers lui pour l'inviter à dîner chez nous, il a dit oui sans hésiter avec une gentillesse hébétée, sa haute taille, son teint rose vif et ses regards errants m'attiraient, nous avons échangé nos noms, il a noté notre adresse, et à l'heure convenue il a débarqué à la maison, jamais je n'ai oublié les détails du repas, lequel nous a aussitôt enfermés tous les trois dans une atmosphère de vaudeville à la fois émouvant, joyeux et cruel. As-tu de l'imagination, Shadow ? Tu réponds oui. Tant mieux, le contraire serait embêtant. Observe donc à travers le récit de ta mère un intérieur étriqué de banlieue. Vois s'agiter un mari déjà saoul qui serait bientôt cocufié par sa femme-araignée, sa femme-enfant, sa femme-fée. Ralph Memory s'exprimait parfaitement en français avec juste une pointe d'accent britannique, ce qui accentuait sa vulnérabilité et sa discrétion. Discrétion relative d'ailleurs : son épais ceinturon et ses bottes de cuir emplissaient la salle à manger d'une odeur enivrante. Ah le cuir, le cuir, Shadow ! Je te conseillerais d'écrire le roman du cuir, ça n'a jamais été fait, six cents pages au minimum tant la matière est riche, neuve et complexe, best-seller assuré, gloire mondiale et postérité ! Tu suis ? Elle suit. Au dessert nous nous sommes aperçus que les alcools allaient manquer. Malingre soudain très pâle — intense à force de pâleur — s'est levé en titubant : il irait acheter quelques bouteilles dans une épicerie du quartier. Mon cœur est descendu d'un cran. Es-tu aussi sensible que moi au charme absurde du cliché « mon cœur est descendu d'un cran » ? Bien. J'ai dissuadé Malingre, il ne trouverait aucune boutique ouverte à cette heure tardive. Il a déclaré qu'il se débrouillerait, il nous a laissés seuls, l'Anglais et moi. La simplicité presque drôle de la situation nous a d'abord stupéfiés. Nous sommes restés un moment perplexes, songeurs, insensibilisés, assis sans mouvement... Tu continues à suivre ? Oui. Finalement nous nous sommes levés sans échanger une seule parole. Nous n'avions déjà plus besoin des mots, ceux-ci nous auraient même gênés. Nous nous sommes jetés dans les bras l'un de l'autre. Tout restait simple. Simple alentour et simple au-dedans. Nous avions le droit de bénéficier de cette simplicité-là : prévue depuis longtemps elle nous appartenait en toute innocence et s'adaptait à nos formes au millimètre près. J'ai conduit l'Anglais dans la chambre. Nous nous sommes allongés sur le lit. Nous avons fait l'amour vivement, sobrement, sans nous dévêtir tout à fait car il fallait se dépêcher, Malingre pouvait rentrer d'une minute à l'autre. En apparence nous étions pressés. Fondamentalement nous nous sentions riches d'éternité, ce qui bannissait l'inquiétude ou les scrupules. Les choses étaient justes, légères, amples, gaies, sérieuses. J'ai tout de suite adoré les gestes de cet étranger taciturne choisi par hasard dans la foule vingt-quatre heures plus tôt. Il savait me toucher avec réserve, timidité, précision. La cible, Shadow, la cible ! Tu te sens bien ?

« Je me sens bien. »

Après quoi, rafraîchis, recoiffés, nous avons repris nos places à table, toujours en silence, en buvant du café bien noir.

Nous guettions les bruits de pas dans l'escalier qui annonceraient le retour de Malingre.

L'Anglais me serrait les mains et scrutait mes yeux comme s'il avait voulu y entrer.

Il ne s'est troublé qu'à la seconde où j'ai commencé à l'interroger sur ses origines, sa famille. S'il m'avait prise un instant plus tôt par effraction consentante, l'inverse ne se produisait pas. Sa dérobade a consisté à renverser la situation en me posant à son tour un tas de questions avec l'insistance appuyée de quelqu'un qui s'est voué, coûte que coûte, au silence : avais-je eu l'occasion d'aller en Angleterre, et plus précisément à Londres ? et plus précisément encore à Coventry ? Il a répété *Coventry* sur un ton détaché, lointain, vaporeux même, comme s'il devenait malgré lui l'écho de sa propre voix. Coventry, j'avais entendu ce mot à la radio, je l'avais lu dans les journaux, il signifiait une ville explosant sous les bombes, de la fumée, des cris, des morts sous les décombres, mais le fait de l'entendre bredouiller par ce jeune athlète si caressant le rapprochait de moi à la vitesse de l'éclair et me faisait trembler : Coventry prenait son vrai sens dans ma tête. Je me suis mise à pleurer, moi qui ne pleure jamais.

Ainsi s'est poursuivie une des nuits les plus singulières vécues jusqu'alors. Le temps passait. Le temps s'ajoutait au temps. Malingre ne rentrait pas. Un calme étonnant nous tombait dessus. « Ralph », disais-je très bas. Et, lui : « Constance. » Je peux t'affirmer que nous ressemblions déjà au très vieux couple que nous sommes aujourd'hui.

Laisse-moi pousser un soupir en guise de repos.

Nous commencions à être inquiets. « Pourvu qu'il ne soit rien arrivé ! » pensions-nous sans nous le dire. Car la fatalité, déjà, venait se ranger du côté de moi et de ton futur père, Shadow, et notre devoir le plus strict était de la prendre en charge sans discussion puisque nous ne lui avions rien demandé : nous n'étions pas des mendiants, nous étions des princes d'amour.

« Tu me suis toujours ?

— Va. »

Malingre n'est rentré qu'à l'aube, ivre mort. Nous l'avons accueilli avec beaucoup de dignité, puis déshabillé et couché comme l'enfant malade qu'il était. Il acceptait nos soins. Son absence avait inversé les rôles : nous étions les hôtes et lui un inconnu méritant la sympathie.

Je respire un bon coup. Tout ce que je te raconte pour la première fois est fort. Tout cela est dur. Mais tout cela est bien. Les événements sont allés ensuite à la vitesse grand V sans qu'aucun ne songe à résister. Le lendemain Malingre m'a fait part de sa décision de divorcer. « Un divorce, un vrai divorce ! » criait-il en tapant du pied pour donner au mot toute sa charge de violence et d'inflexibilité — qu'il était incapable d'éprouver vraiment. Malgré ma stupeur je me suis jetée sur l'occasion : j'ai fait ma valise en y fourrant le strict nécessaire, sans oublier pourtant le seul cadeau coûteux que Malingre ait jamais pu me faire. Cet objet, tu le connais bien, petite : la statuette chinoise en bronze décorant notre salon, elle symbolise le dieu du bonheur juché sur son cheval. Bref, Malingre qui assistait à mes préparatifs de départ avec une raideur d'automate (crois-moi, il n'avait plus rien d'un homme vivant) a repris ses sens en me voyant saisir cette statuette, depuis si longtemps posée sur la cheminée qu'on ne la regardait jamais, on n'y pensait jamais, elle avait moins d'âme que le plus modeste de nos meubles. Malingre s'est mis à trembler et ses yeux lui sortaient de la tête, il était livide, on aurait cru qu'une force immatérielle lui prenait la nuque avant de l'immerger au fond d'un cauchemar dont il ne sortirait plus. Il se savait perdu malgré l'infime espoir qui lui restait encore : non, sa femme allait changer d'avis... Non, elle viderait sa valise... Elle recommencerait à rire... Il la prendrait de nouveau dans ses bras... Il dormirait contre elle... Il mangerait avec elle... Il continuerait à se saouler gentiment sans qu'elle se révolte... On essayait de briser un certain ordre... Mais lui, Malingre, empêcherait cette monstruosité meurtrière...

Voilà ce que mon époux tentait de me faire comprendre.

Voilà ce que je n'ai pas voulu comprendre.

L'arrachement a bien eu lieu.

J'ai rejoint Ralph Memory.

Pardonne-moi, Shadow, si je me borne à résumer les deux mois qui ont suivi : ils n'ont aucune importance réelle puisque je me suis arrangée pour les oublier. Et tu n'ignores pas plus que moi le côté moelleux et douillet de l'oubli : on s'y plonge volontiers.

Seuls quelques faits mineurs ont subsisté dans mon souvenir : la démobilisation de Ralph Memory et les premières préoccupations concernant notre avenir.

Et finalement, tel un paragraphe élégant au bas d'une page à peine tournée de ma vie : l'annonce de la mort brutale de Malingre dont nous n'avons pas su la cause.

15

Shadow attaque

À la télévision récemment, documentaire sur le « couloir de la mort » dans une prison du Mississippi : mur de béton d'un côté, de l'autre une rangée de cages à fauves aux épais barreaux. Dans la pièce annexe, spacieuse et nue, se dresse en attente la *Chaise*, monstre de fer évoquant un grand singe presque humain perdu dans ses pensées. Un complexe entrelacs de sangles part à tous les niveaux du corps massif : autant d'entraves fixées au dossier, aux accoudoirs, aux pieds, prêtes à garrotter la tête et le cou, les poignets, le buste et les chevilles du prochain supplicié. Les gros plans du film insistaient, non sans une curiosité dramatisante, sur l'écheveau embrouillé des fils électriques déroulés jusqu'au sol. Impossible de ne pas imaginer l'homme qui sera bientôt poussé sur ce trône de la dernière heure avec toutes sortes de prévenances utilitaires... Ça y est, le spectacle commence, n'en perdons rien, ce serait regrettable. Perforé par le courant de haut voltage, le condamné tressaute comme un enragé, il se travaille lui-même pour se débarrasser au plus vite de son misérable ici-bas de vivant, cela dure quelques secondes, ensuite il s'abandonne aux bras foudroyants de la Chaise ! bousillé, il fait désormais confiance à la robustesse bienveillante de la Chaise ! la Chaise, mère originelle, éternelle, infaillible, inflexible ! la Chaise, matriarque au giron accueillant ! la Chaise, donneuse angélique ! la caresse mortelle de la Chaise, jeune accouchée s'occupant avec maladresse de son nouveau-né : elle manque d'expérience. Introvertie, elle a peur d'en faire trop ou pas assez, pourtant elle refuse d'être contrôlée dans ses initiatives. Oh gourde atroce ! Oh fillette aussi généreuse que bienfaisante ! Oh chef-d'œuvre baroque non répertorié dans les annales de l'Art mais qui le mériterait ! Oh vision métallique, hideuse et noire, de l'Enfer !...

Constance A. se rembrunit, mon macabre téléfilm lui a tranché net sa suave histoire d'amour, elle m'en veut, elle a raison. En signe de contrition j'agite les doigts pour effacer de son esprit et du mien mes répugnants graffitis. La voici de nouveau toute claire : elle change de forme et de couleur dès qu'elle peut parler de son Ralph, ses yeux élargis se bombent, elle bat des coudes et ses ongles laqués semblent pousser à vue d'œil, Dieu qu'elle est touchante et comique, elle m'évoque un perroquet multicolore enchaîné sur son perchoir, et je l'engage à reprendre son récit de passion fade à condition qu'elle se jette dans le profond, l'inédit, l'inavouable, j'en ai par-dessus la tête de ses à-peu-près cent fois ressassés.

« Oui, oui, fait-elle très bas en soupirant joliment, notre appartement, tu sais, nous l'avons eu tout de suite et Ralph a trouvé du travail grâce aux recommandations de ses anciens chefs militaires.

— Ah bon, tu te dérobes ? d'accord, laissons pourrir notre soirée.

— Je te jure que non. »

À la fois ravie et choquée par mon agressive impatience, elle renifle un peu, pleure un peu, sort son mouchoir de son sac, décide de se montrer conciliante, et c'est avec une tendre sensualité dont je ne me croyais pas capable que je l'aide à se tamponner le visage. (Oh maman, cela est doux, dit ma voix du dedans.)

« C'était surtout la nuit que je cuisinais ton futur père. Je le suppliais de me raconter ses parents, ses amis, ses jeux, sa ville, etc. "Ralph, mon amour, disais-je, quel genre de petit garçon tu étais ? avais-tu des frères et des sœurs ?" J'avais beau le secouer en serrant ses jambes entre les miennes, *il se taisait*, il s'obstinait à se comporter comme un mort bien repu contre mon corps si frais de vivante... N'était-ce pas scandaleux de sa part ? »

Ses yeux excités par les larmes sont redevenus secs et brillants, elle fourre son mouchoir en boule dans la profondeur du sac, elle pousse une plainte à la seconde même où sa physionomie se couvre de lueurs joueuses.

« J'ai tout tenté pour fendre la pierre tombale de son front. » (La voilà qui se livre à l'abjection du cabotinage innocent !) « Tout, je t'assure : l'exaltation, la pudeur, la rage, l'humour, la sportivité saine, les cris, la douceur d'un chant de sirène, les balbutiements d'un bébé qui découvre le langage, l'hystérie tendre, l'hystérie féroce, je suis même allée jusqu'à lui flanquer des coups. Échec absolu. Tu me crois ? »

Je la crois. Je la regarde se casser en deux au point que son front touche la nappe. Je l'entends étouffer un rire aérien.

« Chérie, chérie, poursuit-elle en remontant les épaules, si tu savais à quel point nous étions heureux ! »

La bretelle de son soutien-gorge a glissé sous son corsage de soie, pas joli ça, je fais le nécessaire pour la remettre en ordre… comment dire… moelleusement, oui, moi sa fille qui n'ai pas eu d'enfant et n'en aurai plus, trop tard, ménopause imminente, alors pour une minute encore je m'amuse à être la mère de maman, on dirait qu'elle apprécie le renversement de situation dont elle abuse avec des minauderies de première communiante :

elle cherche à me séduire, ma parole ! et j'en perds le souffle pour deux raisons qui n'ont entre elles aucun lien :

1) la chaleur enfumée du restaurant m'asphyxie ;

2) le souvenir en flash de mon premier ouragan métaphysique à quinze ans. Voici :

J'étais seule à la maison, enfermée au cabinet, et le silence était tel qu'une illumination grondante m'est tombée dessus à l'instant précis où je tirais la chaîne de la chasse. Mon regard pouvait transpercer les murs de l'immeuble et de la ville, du continent, des mers et des terres, de la planète et voir l'humanité entière évacuer ses déjections comme j'étais occupée à le faire, moi, dans la cuvette en faïence. Merveille, pensais-je de ce lieu censuré par la pudeur ! Palais d'extra-lucidité permettant à mon âme et mes organes de s'unir dans un cadre étroit délicatement éclairé qu'on nomme en toute justice le « buen retiro » ! *Là*, et nulle part ailleurs explose une masse de *révélations* de toute espèce : morales, psychologiques, religieuses, lyriques ou liées au corps. Chacune a son caractère : flamboyant, doux-amer, lourd de significations ou superficiel, mélancolique ou lumineux, enthousiaste, obscur, tendre, dur, altruiste, injuste, généreux, pingre, honnête ou mensonger, floc, floc. *Là*, et là seulement, jaillit somnambuliquement le génie sous toutes ses formes : arts et sciences. *Là* est située la solution pointue du problème de nos angoisses, de nos calculs, de nos intuitions, de nos espoirs, de nos élans. *Là*, et nulle part ailleurs, peut s'étudier le miracle de la béatitude. Puisque nous désirons Dieu de toutes nos forces, il descend vers nous en toute légèreté. Il nous enveloppe et nous pénètre. Nous n'opposons plus la moindre résistance aux ordres de ce délicieux dictateur.

Ce matin même, tandis que je me recueillais entre mes quatre murs bien ripolinés, s'est produit un éclair d'avertissement divinatoire concernant ma soirée. Elle serait différente, unique, au cœur d'un renversement des principes mesquins.

Je vérifie cela point par point, seconde après seconde, regard après regard.

Il nous reste peu de temps, il est donc urgent de fouetter mon attention, d'exciter mes nerfs pour ne rien oublier, c'est-à-dire sauver ce qui risque d'être perdu. Petite mère, je t'aime. On a déposé l'addition sur la table. Elle la lit avec une lenteur scrupuleuse, puis la relit avant d'ouvrir son chéquier et dévisser le capuchon du stylo. D'abord, dans un réflexe inconscient d'inconfort, elle se borne à dessiner en l'air chaque lettre et chaque chiffre par une série de volutes gracieuses, hésitantes, avant de les mouler sur le rectangle de papier barré. Elle est saisie d'inspiration quand elle y met sa signature. Le bec de la plume griffe, mord et boucle enfin le paraphe, avare et prodigue, élégant, magique et prétentieux.

La vraie Constance observe la Constance d'écriture non sans une amère perplexité. Elle ne lâche pas encore le stylo, pourrait-elle revenir en arrière ? il est évident que non. Elle s'appuie au dossier de la banquette dans une attitude de regret craintif, de respect morose confinant au chagrin. Je l'aime. Sa signature est la marque d'un arrachement irréversible, son argent la quitte. Et lorsque le serveur emporte le faux billet doux déposé en offrande sur la soucoupe, elle se détend avec un naturel énergique, ouf, pense-t-elle. Libérée, elle m'adresse un sourire d'une gaieté ravissante, qu'est-ce que l'argent, n'est-ce pas, ma fille ? moins que rien. Maman, je voudrais te dire à quel point je t'aime. Ça se paie, les bonnes choses, n'est-ce pas ? Elle a raison. As-tu assez mangé ? elle me trouve trop maigre. Mais non, mais non, ne t'inquiète pas. Je l'aime, oui. Devant sa belle poitrine moirée que la générosité enfle et soulève, que suis-je d'autre sinon son bébé d'autrefois qui se prépare à goûter son bon lait ? La joie m'envahit. Notre connivence est douce. Je sais qu'elle sait que je sais. Ça s'appelle *se comprendre.* Maman, je t'aime. Ce n'est pas une raison pour perdre de vue l'essentiel, je veux dire : toi et moi. Les sentiments, bon, parfait, mais ils réclament d'être dépassés pour atteindre leur juste place, au calme, au frais, pas trop éclairés.

Tenir avec fermeté le fil de notre histoire n'est pas aussi simple qu'on croit. Nous préférons négliger nos vérités les mieux cachées (les seules authentiques). Les hommes sont des gâcheurs : ils vieillissent en se calant avec plaisir dans leurs petites aigreurs, leurs petites résignations. Souillures impardonnables.

Tu n'as pas tort, répond-elle sans répondre tandis qu'elle rectifie son maquillage. Elle est apaisée, concentrée. Ma parole, elle va s'ouvrir ! elle s'ouvre, aimantée par le poudrier, mielleuse, moelleuse, veloutée…

Elle commence à mêler ses deux voix — dessus et dessous — craignant peut-être mon refus d'écouter la suite…

Mais non, continue, dis-je en frissonnant.

Six mois après sa rencontre avec Ralph, elle s'est retrouvée enceinte de moi, *moi*. (Son rire muet lui découvre très haut les gencives.) Ralph en était heureux à sa manière : plutôt surpris, distant et presque froid. Elle, au contraire, se sentait choquée, révoltée même. Il s'agissait là d'un accident inhumain, blessant.

J'écoute. J'entends. Va jusqu'au bout. C'est une prière.

« Ma rage éclatait surtout le soir au lit, dit-elle avec gentillesse. Je reprochais à ton père de *ne pas s'être retiré à temps.* »

(Moi, Shadow Memory, goutte indésirable, indésirée.)

« Il me tournait le dos sans perdre son flegme. Ma rage explosait. Je lui bottais les fesses pour l'empêcher de s'endormir… J'allais jusqu'à le griffer et le mordre, il ne réagissait pas. Une nuit, enfin, j'ai osé lui révéler que je m'empiffrais de quinine pour faire passer l'enfant… »

(Moi, le petit enfant.)

« … alors, j'ai cru qu'il perdait la raison… »

(Moi, raison en puissance.)

« … il a bondi hors du lit et s'est mis à tourner dans la chambre en martelant le sol de ses pieds nus, il se rapprochait de moi toujours couchée, les draps remontés jusqu'aux yeux, terrifiée, je pensais qu'il allait m'étrangler… »

J'écoute, j'entends.

« … eh bien non. Je le revois contre le lit, son grand beau jeune corps cassé au-dessus de moi et les poings enfoncés dans l'oreiller, il me serrait de près, me protégeait, tragique et drôle, respirant avec violence afin de retrouver son sang-froid. Et il m'observait, m'observait, soudain capable de *voir*, au fond de la matrice d'une tueuse, l'humble embryon traqué que tu étais encore… »

Je me nomme Shadow. Fille de Constance A. et Ralph Memory. Je t'écoute et j'entends. Va.

« … j'ai compris alors que je ne commettrais pas le crime… »

Ah bon ?

« … dès ta naissance tu as été belle : une peau de soie, des mains aux ongles parfaits, un crâne duveté, ta petite bouche… »

Un bref sanglot l'empêche de poursuivre. Son menton tremble.

N'aie pas peur, maman. Nous pouvons tout dire.

Elle pousse un soupir presque enfantin. Elle ose me regarder avec un sourire implorant mais décidé. Prends, me dit-elle. Prends, Shadow, prends. Tout cela je te le donne. Ne perds pas ces choses, je t'en prie… Prends. Garde. Enferme. Soigne. Caresse. Aime.

Je prends, je garde, j'enferme, je soigne, je caresse et j'aime. Je te le jure : rien ne sera abîmé. Voilà ce que je lui réponds dans un abandon total. Fatiguée à mort. Elle ne se rend pas compte que son offrande pèse une tonne. Il faut la supporter puisque j'ai promis. Sacrée promesse que je ne trahirai sous aucun prétexte, je n'en ai pas le droit. Le seul crime de Constance est de ne pas s'être comportée en mère abusive.

Mon reproche implicite la trouble, c'est certain, sans pourtant la convaincre.

Elle croit encore dur comme fer à son innocence. Elle s'accroche à l'axiome de son innocence. Elle est un carnassier qui retient sa proie.

Métaphore on ne peut plus juste, ha ha, elle a posé sur le crâne de la chienne plusieurs baisers-morsures tout en fignolant les coques du ruban rose.

Un ange passe.

Trouver un enchaînement digne n'est vraiment pas compliqué.

La voilà qui me raconte d'un trait, avec le pathos un peu frémissant du triomphe, comment elle a mis au monde deux ans plus tard un second bébé magnifique nommé John. « Mettre au monde. » Diabolique expression qui mériterait une analyse approfondie. Pas le temps. Trop tôt. Continue, petite mère.

« Papa et moi "baignions dans le bonheur" », reprend-elle en insistant sur la vulgarité du cliché.

Elle se trémousse. On croirait une collégienne ayant raflé tous les prix de fin d'année. Première de sa classe. Première du monde. Je n'ai pas le droit d'en douter.

J'avais douze ans lorsque des amis nous ont invités un soir. On avait prié Constance A. de chanter cette jolie petite chose de Duparc *Mon enfant, ma sœur* (pauvre Baudelaire !), ce qu'elle avait refusé d'abord par coquetterie. On l'encourageait tant qu'elle avait cédé. Après l'exploit, j'ai entendu quelqu'un souffler à son voisin « Quel cacatoès ! », ce qui m'avait poignardée parce qu'il avait raison.

Plus haut dans ma rue éclate de temps en

temps — surtout l'été quand les fenêtres sont ouvertes — le cri monocorde d'un perroquet : interminablement il répète la note unique de son répertoire entre quelques pauses brèves. Impassible, borné, têtu, déchirant, il souhaite à l'évidence échapper à sa propre forme sans y parvenir. Aucune importance, l'animal cloîtré s'obstine, s'obstine en grinçant, grinçant, grinçant. Sans doute est-il travaillé par la perception de son impuissance à s'exprimer. Peut-être a-t-il eu dès le départ la tentation de croire à son génie d'artiste. Aussi tout au long des journées les plus chaudes sous un ciel uniforme, le chanteur manqué garde intact son espoir : sa crécelle en fausset rythmé monte et résonne en écho de mur à mur, encore, encore, encore, monotone et douloureux dans le ravissement d'une résignation jamais résignée.

Je n'ai jamais vu ce héros du ratage. Il y a des chances pour que je ne le voie jamais. Accoudée à ma fenêtre du cinquième, je me borne à l'imaginer se dandinant dans sa cage, fou d'orgueil, de plaisir, de chagrin.

16

Constance recule

« Sache-le, ma fille, j'avais une voix de soprano léger, un vrai rossignol… »

Pour que je capte son ambiguïté sans méfiance, Shadow charge son regard d'une fixité pâle : elle veut blesser mes jolis vieux désirs d'adolescente exceptionnelle. Elle a tort. On me prédisait une carrière d'opéra éblouissante. De plus j'étais belle, ce qui a fait mon malheur dans un certain sens. J'attirais les hommes. J'ai cédé aux assiduités du plus fou d'entre eux. Je me suis mariée avec Malingre sur un coup de tête, deux mois après l'avoir croisé dans un bal costumé, il est vrai que j'étais splendide en danseuse espagnole.

« Quel était son vrai nom ? dit-elle sur un ton coupant.

— Oublié. Il m'est sorti de la tête. » (Je réprime un petit rire.)

« Tu mens, tu mens, tu mens, poursuit Shadow, saisie soudain d'une sorte de frénésie questionneuse. Ne va pas prétendre qu'un mariage, même bâclé, ne laisse pas de traces ! » (Sa véhémence.)

« J'ose prétendre. » (Mon rire éclate.) « Je me rappelle seulement qu'il avait beaucoup d'argent et qu'il était toujours ivre. Il m'assurait non sans fierté qu'il était stérile. J'étais si jeune, mon enfant, qu'il était hors de question de me laisser enceindre. »

Enceindre est une trouvaille. J'attends que Shadow pouffe aussi. Eh bien non. Son indignation est telle que son sac lui échappe des mains et ses affaires s'éparpillent sur le sol.

« Je ne mens pas, je fabule et j'en ai le droit. Pourquoi chipoter sur ces bêtises par-dessus lesquelles nous avons sauté ce soir ? Ce soir devenu le rendez-vous de toutes nos vérités, je veux dire nos contradictions. L'énergie qui nous contraint est torturante, je te l'accorde, mais elle nous permet d'être deux femmes sans taches. Voilà que tu te retiens de pleurer, non, laisse-toi aller. Pleurer est ce qu'il y a de meilleur. Pleurer nous fait monter vers Dieu. Sais-tu que je crois en Dieu ? » (Elle fait non de la tête en se mouchant.) « Dommage. Prends note pourtant. Toi aussi tu as la foi, mais tu es trop jeune encore pour l'admettre. »

La salle s'est vidée de ses derniers clients, sauf un couple d'amoureux planqués dans un coin, doigts mêlés, regards vacants hallucinés : ils n'ont plus rien à s'offrir. Ils ont épuisé leurs stocks de « je t'aime, je n'ai que toi, je ne pourrais pas vivre sans toi, moi non plus, je me tuerais si tu me quittais, moi de même, je t'en supplie, je t'en supplie », font-ils sans plus savoir ce que « supplier » veut dire. La fatigue les cloue. Pour un peu ils s'endormiraient là pour toujours, quel confort ce serait, une solution géniale à n'importe quel problème, le sommeil serait un ventre chaud. Finalement ils comprennent qu'on leur envoie un discret signal d'évacuation, allez, petits, on empile partout les chaises sur les tables. Dehors !

On chasse également la mère et la fille.

La fraîcheur du dehors donne le vertige. Pouvons-nous continuer ce qui a commencé dedans ? Car notre aventure de lutteuses nous a poussées plus loin que prévu. Tu as froid, chérie ? Mais non. Mais si, ton bras tremble. Laisse-toi cajoler par une vieille femme, laquelle est par hasard ta mère. Vive le hasard, prince de l'humanité. Le hasard est Dieu multiplié par mille, faisons-lui confiance. Moi, Constance A., suis l'héroïne du royal roman en train de s'écrire à nos dépens. Toi, Shadow Memory, y tiens un rôle secondaire non dénué d'intérêt. Tu consens à t'effacer pour me suivre. Ta main s'est blottie au creux de mon coude.

Prolongeons, c'est important. Nous prendrons un dernier verre dans ce bar chic avant de nous séparer. Son abri tiède et musical en sous-sol, sa pénombre dorée d'aquarium rassurent les gens surmenés.

Il n'y a presque plus personne, excepté deux ou trois habitués opaques, empalés sur les tabourets du comptoir devant un whisky dont ils font tourner rêveusement les glaçons : ils y trouvent un réconfort saoulant qui les aiderait à mourir ici sans effort, sans effroi, sans regret.

Double Grand-Marnier pour la mère, un quart Vichy pour la fille.

« Te souviens-tu de ton enfance avec John ? dis-je à brûle-pourpoint.

— Bien sûr. »

Je lui fais remarquer qu'elle cherche à couper le courant. Notre aigreur voilée laisse malgré tout une dernière chance pour mener jusqu'au bout la douce implosion. Soyons honnête : c'est elle qui fournit l'effort. Dès l'adolescence, le frère et la sœur avaient pris le flou de deux fantômes ne cessant de se traverser, explique-t-elle sur un ton de sourde violence, et l'arrivée de Justin K. le Hollandais au lycée avait modifié leurs rapports. Les garçons s'étaient inventé aussitôt une entente exclusive bannissant la sœur du clan.

La voilà qui parle de clan, l'insensée !

Et moi, la mère, qu'est-ce qu'elle en fait ?

Pitié, dis-je dans un beau rire de gorge. Tu brouilles les pistes d'une époque à la fois si lointaine et si proche. Je la touche encore du doigt. Que tu la troubles ou non, peu importe. Pourtant permets à ta vieille mère de remettre les pendules à l'heure. Si John grandissait si vite que nous le reconnaissions à peine, s'il était de plus en plus farouche, il n'en restait pas moins mon fragile petit garçon. Mon fils à *moi*. Mon trésor à *moi*. *Mon* bébé devenu jeune homme en peu de temps. En rentrant de l'école il se précipitait dans *ma* chambre et s'allongeait sur le lit près de *sa* maman, c'était un rite. Il était malheureux. « Qu'est-ce qui ne va pas, mon amour ? » murmurais-je en lui écartant du front sa frange dont il prenait un soin ridicule. Mon geste le rendait furieux, pourtant il me serrait plus fort contre lui et me mordillait le cou. Un jour son père est rentré à l'improviste et nous a trouvés dans les bras l'un de l'autre. Laisse-moi rire un peu, ma fille, ça fait du bien. Fou de colère, Ralph m'a arrachée du lit et bourrée de coups. Écoute bien : mon petit garçon s'est jeté sur son père, imagine la scène ! ils se battaient comme des loups à cause de moi, oui, et j'aurais voulu que ça dure. Le rêve de ma vie se réalisait, oh merveille, être un *enjeu* entre Ralph Memory et notre fils, mes deux passions... Est-ce que tu comprends ? est-ce que tu me crois ?

En signe d'acquiescement, elle joint les mains comme pour prier.

Leur bagarre s'est terminée trop vite. Le spectacle était fascinant, ça faisait peur à tout le monde. Bref. Mon petit garçon a couru s'enfermer au cabinet pour y cuver sa rage, mais oui, je te vois sourire, tu sais mieux que personne la grandeur métaphysique de ce lieu.

« Fatiguée, ma chérie ? » (Son visage soudain rétréci, meurtri.) « Eh bien, accordons-nous sans scrupule une pause. Nous la méritons. Pas de femmes plus courageuses que nous. »

Juchée sur son tabouret près du bar, une cliente qu'on connaît de vue dans le quartier achève de vider son énième whisky. Comme d'habitude elle est seule. On ne sait rien d'elle sinon qu'elle a longtemps vécu avec un vieux bonhomme qui lui a légué sa fortune en mourant. L'alcool a eu raison d'elle. Avec ses cheveux pendants et son dos rond elle a l'air d'une noyée.

Noyée. Halte. On devrait biffer ce terme et ses dérivés de malédiction dans les centaines de milliers de dictionnaires répandus partout. Et encore ça ne suffirait pas. Gravé à l'envers de notre crâne, il continuerait à nous consumer. Je sens que tu sens comme moi, rien qu'à observer les spasmes de ton cou pendant que tu bois. Tu rayonnes ce soir, Shadow, t'en rends-tu compte ?

Exaspérée par le compliment, elle fait non de la tête. Ce qui me permet d'ajouter avec une brutalité caressante (atout majeur de mon pouvoir de séduction) :

« Tu commences à grisonner, il faut songer à te teindre. »

Touchée ! Passons.

Se souvient-elle du tableau noir que nous lui avions offert pour ses neuf ans ? Elle le couvrait de dessins aux craies de couleurs en racontant à mi-voix d'interminables histoires. Subjugué, son frère l'écoutait. Une fois le tableau rempli, elle effaçait ses grimoires à coups d'éponge jusqu'à ce qu'il soit prêt à recevoir de nouveaux dessins, de nouvelles histoires. Comme je le fais aujourd'hui, la petite fille pensait d'instinct : passons, passons, oublions, recommençons, préparons-nous à tracer sur le tableau de notre mémoire des effacements inédits.

Être heureux, rester heureux, vouloir à tout prix être heureux, ça réclame en effet l'implacable volonté de tout reprendre de zéro (à chaque instant) comme si rien n'avait eu lieu. J'y vais ? J'y vais : bifurcation radicale.

« T'est-il arrivé, dis-je, de supposer que John ait eu des tendances à l'homosexualité ? »

Boum, ce qui est lâché est lâché.

« Elle pâlit jusqu'aux lèvres. » « Elle devient blanche comme un linge. » « Elle rougit jusqu'à la racine des cheveux. » J'adore ces images grotesques ramenant aux bons vieux romans dont je me gavais autrefois. Adeline A. tentait de me les arracher, elle n'y parvenait pas, elle ne comprenait rien à leur magie. Soixante ans après ils me barbouillent encore la tête. Pourquoi se priver de ces masses de clichés grandioses flottant à la surface du temps comme des fleurs ?

La digression atteint ma fille en plein cœur.

Cœur : pas de cliché plus comique précisément.

Cœur. Beaucoup à dire sur cet œuf de viande crue noire, battante et vernie. Dieu (ce qu'il est convenu de nommer Dieu du moins !) a jugé malin de le fourrer à gauche au fond de notre cage thoracique. Pourquoi pas à droite, hein ? Son goût pour l'asymétrie est décevant dans ce cas particulier. Ça fiche en l'air notre besoin d'équilibre. Le cœur placé au milieu l'aurait garanti. S'il a voulu nous contrarier, ce faux débonnaire, il a réussi son coup et sa créature lui garde rancune. Oh mol oreiller de la foi.

Shadow reprend son teint normal. Elle approuve ma façon triviale de concevoir le cœur humain, sa ruse consistant à me faire oublier ma question sur son frère. Erreur de tactique. Constance A. n'est jamais distraite et va droit son chemin sans s'inquiéter des opinions. Constance A. est assez honnête et dure pour s'entendre répéter :

« As-tu jamais supposé que John était peut-être… ? »

Indignée, elle applique les mains sur son visage. Elle ne supporte plus le spectacle d'une brute anormale, laquelle en outre prétend être une mère toute simple, honorable, c'est-à-dire aveugle, sourde et muette par principe.

Et moi d'insister, bien sûr, lancée hors de

moi par un souffle de fureur, implacable de tendresse émue et complice.

« N'aie pas peur de tout me dire, ma petite chérie.

— Je n'ai rien à te dire.

— Allons, allons...

— Rien.

— John était attiré par Justin...

— Tais-toi ! »

Elle enrage dans la mesure où la piste est bonne. Elle sait d'emblée que la mère et la fille vont se charger ensemble de la débroussailler avant d'ouvrir une brèche sur le paysage interdit : s'il est enfoui dans les profondeurs d'un passé que nous refusons, il est resté vivant, actif. Il nous dépasse en prenant du volume, nous essayons d'éviter ses hautes vagues recourbées. Nous ne voulons pas être englouties. Quelle crédulité de notre part, quelle naïveté, ne trouves-tu pas ?

Elle a répété son « Tais-toi » sur un ton de lassitude intense qui a le don de m'exaspérer davantage.

Non, je ne me tairai pas. Un harpon, filant depuis ma gorge, va se planter en vibrant dans la sienne. Si elle saigne, tant mieux. C'est la guerre.

L'année où Justin et toi avez obtenu votre bachot, vous avez emmené John en vacances au bord de la mer du Nord et vous en avez rapporté un impressionnant paquet de photos.

Tu te rappelles ? Elle se rappelle. Rassemblés un soir au salon, les Memory ont feuilleté l'album. Ton inquiétude et la mienne se confondaient : un film étrange se composait sous nos yeux, incroyable, incorrigible déjà, marqué à mesure de séquences insignifiantes.

Toi et Justin prêts à tomber amoureux vous battant sur le sable mouillé, toi et Justin vous tenant par la main au sommet de la dune, toi et Justin pêchant des crevettes, grimpant à bord d'une barque échouée, léchant des cornets de glace (appelés à l'époque des « cornets d'amour »).

Mais également :

Justin et John assis sur un banc de coquillages fraîchement déposé par la marée. Les deux garçons se tiennent très proches, un bras du Hollandais entoure le cou de mon fils, leurs pieds nus — à l'avant-plan d'un des clichés — se touchent. John a collé ses dix orteils contre les dix orteils de son ami ; on sent qu'il a voulu cette attitude de complicité qui nous troublait un peu ton père et moi : son corps frêle et le sérieux de son visage prouvent que ton frère, oui, ton frère, Shadow, se comportait comme s'il n'avait été que le prolongement féminisé de son meilleur ami. Et Justin K., robuste et plein d'assurance au contraire, n'y voyait aucune ambiguïté.

Soupir de soulagement. Car jamais rien *ne s'est passé* entre eux. Tu comprends, chérie ?

Oui, fait-elle. À fond ? À fond. Admettre à fond le fond de nos passés est la seule manière de remonter à la surface du présent. Nous faisons corps avec la minute en cours. Comprendre à fond le fond de nos passés exige qu'on leur flanque un fameux coup de talon, comme des plongeurs regagnant l'air libre. En es-tu capable ? Oui, fait-elle. Ta mère également.

A-t-il eu raison ou tort d'épouser à vingt ans sa Suédoise enceinte ? Aucune importance.

Toi et moi sommes d'accord pour supprimer l'image des vingt orteils de deux jeunes hommes assis sur une plage. Nous interprétons comme il faut ce mot barbare : homosexualité. Qui n'en saisit pas le lyrisme est un taré congénital.

Maintenant Shadow appuie son épaule à la mienne, m'offrant ainsi sa peau d'ombre.

Homosexualité : oiseau ténébreux pourvu de quatre ailes puissamment libérées des lois de la pesanteur. Pendant que deux d'entre elles s'activent, les autres se reposent. Et cela à tour de rôle pour éviter des replis décevants d'immobilisme.

Homosexualité : l'oiseau gagne en oblique les profondeurs du ciel sans que rien n'arrête son élan. Il est fait, génétiquement, pour la gloire des anges. Les peintres primitifs l'ont bien compris en fignolant leur quadruple plumage, tantôt épanoui tantôt rabattu sur leur poitrine tel un manteau chaleureux.

Radieuse et détendue, Shadow reçoit et relance le mot superbe, absout, réclamant que tour à tour je me réduise, me jivarise, m'amenuise, m'idéalise, me fidélise, me féminise encore davantage en toute harmonie.

Ma fille n'attend que ça.

Elle n'attendra pas en vain. Elle est pleine d'espoir et moi aussi.

Nous avons encore une masse de secrets à percer, des nuages à chasser, des transgressions à multiplier, de nouveaux bonheurs à reconnaître.

17

Shadow parle

Restons dans la marge du doute et du probable, évitons de nous laisser piéger.

Incroyable ! il s'en faudrait d'un cheveu que je n'enfouisse ma figure au creux du cou de ma mère, là où la peau fragilisée se fait plus tendre, sans me soucier d'être remarquée. Le matin où Justin m'a quittée sans explication, je pense que s'il avait eu l'idée de pousser sa tête dans mon cou, ce geste tout simple m'aurait peut-être épargné un temps de chagrin fou. Il n'a pas osé. Version inédite de notre séparation :

nous vivions ensemble depuis dix ans jusqu'au jour où je l'ai vu préparer ses bagages. Pourtant son départ ne ressemblait en rien à un abandon. Il s'agissait d'autre chose qui ne donnait pas matière à discussion. Nous avions si bien pris l'habitude d'être heureux à l'écart des mots que j'ai tout de suite accepté la fermeté de sa décision et sa fatale impartialité. On semblait lui ordonner de loin et de haut de s'en aller de chez nous, donc il fallait obéir à ce discours sans discours. On ne lui laissait aucun délai de réflexion : la mer, la mer de son pays du Nord exigeait son retour immédiat. J'étais si soumise que je l'ai même aidé à boucler ses affaires. Je ne souffrais pas. L'événement se situait à un niveau d'irréalité qui ressemblait peut-être à la mort — dont je n'avais jusqu'alors aucune expérience — et cela ne manquait pas de charme. Quelqu'un disait « ouf » au fond de moi : désormais plus d'espoirs et regrets malsains à la petite semaine, plus de plaisirs anxieux, bref plus la moindre fioriture d'âme. Au contraire, on me proposait une solution sèche et propre, consolante, qui n'aurait rien, rien à voir avec un banal projet de suicide... Tu m'entends ?

Maman approuve. Je n'avais jamais vu d'aussi près son grain de beauté sous l'oreille. Elle sent bon, j'aimerais dormir dans son odeur. J'ai l'impression d'être précipitée en pleine féerie. Elle serre mon épaule. C'est bon de vivre. Pourquoi Dieu n'a-t-il pas mis à notre disposition le génie de l'immobilité ? Il n'y a pas songé. À moins qu'il ne l'ait pas voulu par esprit de contradiction. Ou par sadisme, c'est possible. Il nous a seulement accordé le don instinctif du mouvement. On bouge. Tout bouge. Exemple modeste : le cactus ornant une de mes fenêtres demeure inerte en apparence bien que ses jets neufs poussent presque à vue d'œil.

De même, les enfants de John continuent à se développer jour après jour, le suicide de leur père n'affecte en rien ce remue-ménage interne-externe. Voilà l'horreur. Partout et toujours un interminable film quotidien relate au millième de seconde près la marche de nos pensées et de nos actes, c'est-à-dire un irrésistible élan vers la corruption. N'importe qui n'est pas admis d'office à suivre de près, en invité d'honneur, le déroulement magique des séquences, déroulement réservé aux natures d'élite douées pour l'angoisse. Malheureux doués ! Abominables élus ! Maman et moi sommes parquées dans cet enclos-là que l'on prétend privilégié. Aucune chance d'en sortir.

Donc : le mouvement, le mouvement du mouvement qui naît du mouvement.

« À quel moment la chose a-t-elle pris forme entre Justin et toi ?

— Tu as un talent fou, maman. Tu dis *chose*, ce qui trahit ta peur et la mienne en face de la vérité crue, par conséquent intolérable. J'apprécie la délicatesse de ton intention puisque cette histoire te touche de près. Tes rapports avec Justin ont précisément commencé à l'époque où John a voulu faire d'Aria son *épouse*. Écoute les sous-entendus merveilleux de certains mots : *épouse* et *chose* sont nos cadences psychologiques. Pourquoi souris-tu, petite mère ? parce que tu te souviens du jour et de l'heure où notre John nous a amené cette fille à la maison pour la première fois. En accord tacite, toi, Justin et moi avons détesté Aria d'emblée, unis par un phénomène de réverbération intime dont le sens était : cette inconnue est une voleuse, elle est là pour nous arracher ton fils (mon frère) et son ami. Rappelle-toi comme nous la regardions. Elle n'était même pas laide, seulement fade, gentille, soignée, raidie de timidité. Aucune odeur vivante n'émanait de son corps trop blanc dont nous avons aussitôt su la pingrerie. Nous avons organisé la défense. Dès le jour de leur mariage, Justin l'ami et moi la sœur, comme illuminés, avons inventé un *nous* qui assumerait l'entité du trio détruit : il fallait que nous couchions ensemble.

— Coucher » (Elle saute en l'air, choquée. Dieu que je l'aime !)

« Coucher », dis-je si haut que la cliente ivre perchée là-bas sur son tabouret, s'en laisse glisser. Ma vulgarité l'a touchée au vif, c'est sûr, et la voilà qui vient à nous à pas chancelants. Son but est net : elle veut se mêler à notre sourd bla-bla qui lui permettrait de reprendre goût à la vie. L'élan qui précipite quelqu'un vers son semblable n'a pas d'autre explication : échapper à son affreux abandon et s'introduire par effraction désespérée dans le gouffre tout aussi désespéré de l'abandon d'autrui. S'arracher aux millions d'abandons solitaires, rejoindre l'abandon collectif tout aussi compact peut-être mais moelleux et tolérant, borné mais fourmillant d'alibis délicieux. On croit alors à la sympathie de masse, on a chaud au cœur, on sautille sur place, comment allez-vous ? Fort bien, et la famille, la santé, les affaires, les naissances, les décès ? Ça baigne. Quand se voit-on ? La semaine prochaine. Avez-vous lu le dernier bouquin d'Untel, vu ce film ? Que pensez-vous de cet attentat, cette émeute, ce séisme à l'autre bout de la planète ? la nouvelle robe de Machin, la grève des, le coup d'État en ? Savez-vous que j'ai des rats dans ma cave et que Truc est mort du sida ? que je pars en Turquie pour les vacances ? Pas-pos-sible-c'est-ex-tra ! Résumons : la vie est d'une somptueuse et ronronnante inconsistance qui nous comble.

Point final ? Non. Reprise en rond :

la femme saoule (élégante, notons-le) s'est collée à notre table en levant les bras d'un air inspiré. Elle nous a entendues. Elle déclare se nommer madame Abandon. Elle demande la permission de s'asseoir afin de mêler ses secrets aux nôtres. Juste un moment. Pas plus. Nous formerons un modeste trio orchestral de l'indicible. Ce serait bon. Ce serait moral. Ce serait exceptionnel. Elle cherche à nous séduire par des mimiques d'enfant perverse en tortillant un pan de sa veste et se passant la main dans les cheveux. Elle va même jusqu'à se laisser choir dans le fauteuil resté vacant. Calcul idiot. Les œillades charmeuses de madame Abandon n'ont aucun effet sur la mère et la fille, bloc de ressentiment. Les joues de Constance A. virent au noir, sa bouche enfle, je la connais, elle est au bord de la crise de nerfs. L'autre comprend enfin et retourne en titubant jusqu'au comptoir.

Dieu merci, nous resterons deux en une, telles deux splendides jumelles âgées respectivement de soixante-quinze et quarante-cinq ans, ce qui n'a rien d'insolite.

Mais :

pratiquement la chère Constance essaie de rétablir une certaine distance entre elle et moi. Sous prétexte qu'il fait trop chaud ici, elle recule sur la banquette de cuir capitonné pour mieux m'observer.

Elle a retrouvé son calme et sa fierté.

Son autorité surtout. Je la sens décidée à rester au niveau des confidences. Il faut obéir. À mon tour de pousser le pion.

J'en reviens à ses jeux de lit avec Justin K., cela mérite d'être creusé.

A-t-elle eu la tentation de tromper papa avec d'autres hommes ? Silence réfléchi qu'elle prolonge en s'allumant une cigarette : geste étudié de dérobade inconsciente ou non, tango d'hypocrisie ensommeillée, sursis protecteur dont se servent les audacieux et les timides, les méchants et les bons, les valets et les maîtres, les intelligents et les imbéciles...

« Si j'ai continué à tromper papa ? murmure-t-elle. *Je ne crois pas.* » Atchoum ! Nous avons retrouvé le fil, dirait-on. Son *je ne crois pas* est une merveille jubilante, un voluptueux éternuement. Mais comme elle ne perd jamais le nord, ma petite mère, au lieu de répondre elle attaque en m'interrogeant (parade archiconnue) :

« Et toi, as-tu trompé Justin ? »

Nous voici plongées dans l'eau d'un rêve nocturne que nous avons souhaité d'instinct sans doute — ramenant aux temps inédits de notre double adolescence. Le mouvement s'accélère, nous rions, Constance paie les consommations, se cale Pillow sous le bras, gagne le seuil du bar en s'assurant que je la suis de près, elle en a par-dessus la tête de l'atmosphère enfumée et de la musique en sourdine, ouf, l'air pur du dehors déjà la ranime assure-t-elle en se précipitant sur le trottoir avec agilité.

La rue déserte ressemble au décor d'une pièce de théâtre hyperréaliste.

Planquée dans les combles du ciel au scintillement discret, la lune est un projecteur mis au service de notre comédie dramatique à deux personnages, il fait doux pour la saison, à peine humide, tout cela s'accorde, concorde, soulève en douceur la mère et la fille désormais débarrassées de la misère du monde, oh oui, une misère inodore, incolore, insipide, râpeuse.

« Sortons du monde, il n'est pas fait pour nous », s'écrie maman.

Elle court. Je règle mon allure sur la sienne.

Son parfum m'entraîne.

Nous nous sentons bien.

Nous avons mangé de bonnes choses. Nous avons bu du bon vin.

Nous respirons la nuit avec bonheur, conscientes d'interpréter l'acte premier de notre commune aventure. Nous sommes décidées à nous montrer dignes de nos rôles.

Elle demande l'heure. Trop tôt pour nous quitter déjà, petite, promenons-nous un moment encore. Qu'en penses-tu ?

Elle a raison. De toute manière je n'ai plus voix au chapitre, c'est elle qui mène le jeu, assure la mise en scène, la régie.

Nous nous prenons le bras avec naturel, geste dérobé d'attirance qui n'est plus de mode aujourd'hui. Même les couples unis s'en passent, ménageant entre leurs corps une marge d'indépendance arythmique : mon *moi* est à moi, ton *toi* est à toi, mon *moi* t'adore, c'est sûr et certain, mais dans le respect d'un léger écart. Pas beau, ça ? Le fatal et l'inévitable sont beaux comme un axiome ! Le système organisé de la conjugaison des verbes est porteur d'une tare dont personne, personne ne paraît se soucier : la tare du *nous*.

On dit oui au *je*, au *il*, au *elle*, aux *vous*, *ils*, *elles*. Mais on dit non au *nous*. Pourquoi ? parce qu'il prend son ampleur et sa réalité seulement à travers les failles du mensonge.

Chaque fois que le *nous* est écrit noir sur blanc ou jeté distraitement dans la conversation, il pose un acte de trahison innocente.

La fin de notre siècle en tumulte en porte la responsabilité.

Diaboliquement épuisé, le siècle !

Crevé, le siècle !

À mesure qu'on se rapproche du 31 décembre 1999 à minuit pile, il demande grâce tant il redoute le tournant fatidique, son arête coupante, sa blessure à vif, son bord historique, son ombre et son éclat. En attendant, il nous en jette plein la vue avec de pauvres facéties de grammaire. N'est-ce pas, maman ? (oui, répond-elle, ensemble *nous* avons raison). Tu m'accordes un petit coup de lyrisme cocasse ? (toujours oui). Le siècle agonisant s'est arrangé pour injecter le poison du *nous* dans les nerfs de l'homme, parce qu'il est conscient de sa fin imminente dont il a horreur. D'avance il est écrasé par son successeur qui portera le dossard numéro vingt et un.

Cependant le numéro vingt, malgré sa terreur naturelle, éprouve un plaisir ambigu à l'idée d'être poignardé bientôt par les douze coups de la Grande Horloge. Il aura pour lui sa bonne conscience : il aura donné le meilleur de lui-même à l'Histoire. Il trouvera juste et loyal de filer vers les coulisses, là où il pourra se reposer. D'ailleurs il n'y sera pas seul, loin de là, et voilà l'essentiel. D'innombrables amis rétrogrades aussi morts que lui l'attendent, passivement serrés les uns contre les autres comme un peuple d'enfants abandonnés. Avec un peu d'imagination, on les voit. Mon Dieu qu'ils sont plats, obscurs, vidés de substance et poussiéreux ! Leur inertie ne les empêche pas d'échanger des propos ternes dont chacun de *nous* sait l'insignifiance.

Constance accepte en roucoulant mon interprétation, bien qu'elle soit fort contrariée. Ses paupières battent, ses yeux se mouillent.

Il y a beaucoup de chances pour qu'elle ne soit pas invitée à vivre le show étincelant du 31 décembre 1999. La salle de réception sera bourrée à craquer d'une foule joyeuse. À l'instant de l'irrésistible passation de pouvoir, où se trouvera cachée la vieille mais ardente petite Constance A. ? quelque part en vacances dans un des lieux qu'elle préfère ? ou bien sera-t-elle banalement malade, non pas malheureuse parce qu'elle n'a jamais été capable de l'être, mais isolée, couchée dans une chambre dont le décor ne lui dit rien, examinée par des étrangers distraits, indifférents ? Tout à coup, sans que personne ait prévu la chose, elle sera privée de son réflexe habituel de résistance. Elle ne l'admettra pas. Orgueil oblige. Elle poussera un léger soupir en feignant de s'endormir. Des visages se pencheront sur elle. Il y aura des oh et des ah de faux attendrissement. On l'enfermera dans un cercueil. On l'emmènera au cimetière où l'attend un trou prévu depuis longtemps. Autre théâtre. Autre fauteuil d'orchestre. Autre public. Autre silence, coupé de temps en temps par les jeux de la brise dans les arbres d'alentour. Moiteurs épaisses exhalées par la terre. Portails ouverts livrant passage à des défilés de visiteurs intéressés, aimants, chagrinés, respectueux, distraits. Portails fermés. Nuits. Pleurs d'oiseaux invisibles. Fleurs fanées. Fleurs fraîches.

Les beaux yeux trop maquillés de Constance A. luisent dans la pénombre tandis qu'elle me souffle à l'oreille :

« Viendras-tu m'y voir ? »

Elle essaie de me refiler un climat d'intimité dont je ne veux à aucun prix. L'intimité est tuante. J'ai toujours évité d'être dérangée dans mon discours intérieur. Et voici que ma mère tente son coup de solennité. D'un côté par sa faute, de l'autre par la mienne. Chacune a sa part de responsabilité. Pourquoi un phénomène aussi singulier, aussi aberrant est-il en train de se produire en cette fin de soirée du 4 mai 1989 qui a célébré la fête de l'Ascension ? Je crie :

« Arrête ! Tu seras toujours bien vivante en l'an 2000 ! »

Son ravissement la fait trembler, elle n'est pas pressée de mourir.

Nous nous engageons dans une des rues les plus métaphysiques de la ville. À droite s'étend le Jardin que protègent des grilles noires à têtes d'or. Bien qu'il soit fermé la nuit, il s'y passe des choses peu humaines, et c'est merveilleux : les arbres ne respirent plus que pour eux, bougent sans mouvement, scintillent sans lueurs, frémissent en silence. À gauche au contraire, une rangée d'immeubles cossus, encore éclairés ici et là, oppose au souffle humide et feuillu d'en face ses architectures pétrifiées.

Prises entre le beau fleuve obscur interdit du Jardin et la falaise des maisons — deux puissances antagonistes dont nous devinons l'énigmatique solitude — nous marchons vite. Maman serre mon bras plus fort pour signifier que nos deux lyrismes n'en font plus qu'un. Se laisser aller en cadence, tel est notre devoir. La cadence implique l'effacement de toute pensée. Ainsi faudrait-il vivre.

18

Constance parle

Cette rue devrait être sans fin : elle nous sortirait des prisons du système solaire. Quatre cents millions de milliards d'années sont les gouttes d'un infini mesquin et notre espérance va plus loin.

Shadow partage mon opinion. J'ai réussi une fille exceptionnelle. Je ne me lasse pas d'observer son profil qui n'a pas changé depuis l'enfance : nez gourmand, commissure bouclée des lèvres, provocation amusée de l'œil qui m'irritait autrefois. Pas ce soir, oh non, un soir qui se clora bientôt. Mon cœur bat d'appréhension.

« N'aie pas peur, *maman* », enchaîne-t-elle.

Dire que j'ai failli la tuer dans l'œuf. Sa présence est un prodige puisqu'elle est une rescapée de la mort d'avant toute naissance. Si elle savait ! Peut-être sait-elle...

Je tuerai ça dans l'œuf : expression dont usait souvent Adeline A. Dès qu'un garçon essayait de me faire la cour, elle me la répétait avec emphase. *Ça* : menace qu'il fallait à tout prix couper à temps. « Pour ton bien », hurlait-elle. Dans son imaginaire accapareur, l'amour symbolisait le Mal, la Damnation, l'Enfer. J'ai su la terrasser en lui mettant le pied dessus. Longtemps avant Malingre j'ai eu un tas d'amants et ma mère n'en a jamais rien su. Les mères sont d'une crédulité royale, on leur fait avaler n'importe quoi.

Du moins je le suppose.

Peut-être était-ce une erreur de ma part. Peut-être ai-je été flouée par Adeline.

À mon tour j'ai floué Shadow. Qu'elle le sache ou non est sans importance et sans effet. Au lieu de donner vie à des enfants, on devrait accoucher de vieillards pleins d'expérience. Quel temps gagné ce serait !

Un pavillon se cache au bout de la rue dans un fouillis d'arbres, deux fenêtres brillent encore à l'étage. Un, deux ou plusieurs quelqu'uns veillent donc là, debout, assis, bavardant et buvant, ou bien couchés, rieurs, taquins, concentrés, haineux, distraits ou désespérés comme je le suis soudain, moi.

Je donnerais mon âme au diable pour avoir le droit de rejoindre ces inconnus qui m'accueilleraient avec chaleur.

« Moi aussi », fait Shadow en écho.

Ralph doit guetter mon retour avec anxiété. Je ne lui ai même pas dit que je dînais avec notre fille pour qu'il ne se sente pas frustré.

Tu aurais tort d'être jaloux, mon vieux, tu es ma lumière et ma chance et tu le resteras jusqu'au bout malgré nos incompatibilités. En fin de compte nous n'étions pas faits l'un pour l'autre, nous n'avons jamais coïncidé, nous l'avons su dès le début, nous le savons encore.

Mystère de la foi.

« Mystère », poursuit Shadow toujours en écho.

Les parents sont par nature des pervers biologiques, infatigables dans l'exercice de leur tare. Pondeurs liés par une somme de douleurs appétissantes, florissantes. Greffes ! Boutures ! Engrais ! Terrains profitables ! Gains énormes !

« Papa était un jeune homme superbe, tu sais. Aujourd'hui il est radoteur et gras. "Ton ventre !" lui dis-je tout le temps. »

(Shadow rit. Je ris.)

Il était doué pour la peinture, comme toi pour écrire et moi chanter. Les aspirations timides sont condamnées par une loi aussi rusée que respectable : on s'y conforme pour éviter de souffrir. La vie nous a donc écrits, chantés, peints, et c'est déjà un résultat — à l'envers. Nos ambitions se sont *réalisées* dans l'échec.

L'épaule de ma fille s'est calée sous la mienne. J'ai la sensation d'être un homme qui protège et soutient, guide et possède. Je peux donc lui demander avec autorité si elle a un amoureux en ce moment. Elle répond qu'elle en a cinq à la fois, ce qui n'est pas gênant. Ils traduisent tout comme elle des bulles de bandes dessinées, ils sont compétents et rapides, gentils, serviables, jamais tyranniques, sachant d'instinct qu'elle ne le supporterait pas. Il arrive que l'un d'eux disparaisse, et ce n'est pas dramatique : il est remplacé par un autre. Au fond ils se ressemblent tous. Nous flottons ensemble, nous montons, descendons, dérivant sans nous fatiguer. Car le problème est crucial : ne-pas-se-fa-ti-guer, éviter de perdre du temps. Nous nous faisons jouir le plus souvent possible, voilà !

Elle conclut sur un ton de gravité comique :

« Et puis, entre nous, jouir, encore jouir, toujours et de nouveau jouir, quelle barbe ! »

Phrase intéressante à méditer. Nous nous arrêtons au pied d'un lampadaire éclairant nos visages d'un jour trop cru. Que nous sommes laides, mon enfant ! Oui, maman.

Nous voici étouffant « un rire sans gaieté », cliché cocasse que l'on repère dans certains romans de trente-sixième ordre. Tic de fiction d'une sensualité vulgaire contagieuse : le public est toujours pris, il a raison en profondeur, il fait preuve de sagesse astucieuse car notre sombre ici-bas n'a jamais recueilli l'écho d'un « rire de gaieté ». Ce serait trop beau. Chacun aurait l'illusion d'être sauvé du Grand Désastre. Un *rire gai* ? voyons-voyons, soyons réaliste.

Les rires explosant à tout instant sont sournois, méchants, cruels, meurtriers, malicieux, mondains, sadiques, en porte à faux conciliants, putassiers, puritains, rancuniers, séducteurs, hypocrites, etc. on n'en finirait pas de les énumérer. À bas la gaieté des vivants, peut-être a-t-elle sa place du côté de la mort, mais qui d'entre nous saurait le prouver ?

La fille et la mère sont traversées par le même courant d'une électricité vicieuse exquise. Nous le savons : le devoir numéro un est de s'arracher à l'inertie de nos déserts intimes.

« Parle-moi de Ralph Memory », fait-elle avec une moue d'enfant gâté.

Son père est un inconnu qui se glisse entre nous par hasard. Elle frappe le sol du pied pour manifester son impatience, et surtout de la rancune : elle en veut à son père, elle en veut à sa mère, elle est prête à me lancer à la figure un jet de griefs. Seulement voilà ! la pauvre petite refuse les ressources de mon imagination de fée. Car j'en suis une :

« Ton père est une feuille de papier dont je déchiffre l'endroit mais pas l'envers. J'ai eu beau le cuisiner sur ses mémoires anciennes, il n'a jamais consenti à se soumettre à ce qu'il appelait gentiment "mon tribunal d'inquisition". Je le croyais sourd. Ou borné. Je me trompais. Ralph est un malin. Mes interrogatoires commençaient en douceur tendre, agrémentés parfois de larmes. Sans succès. Un homme de fer est un homme de fer. Nos séances finissaient par des insultes et des coups de ma part. Oh Shadow, tu as dû en souffrir sans trop savoir ce qui se passait, non ? »

Elle n'avouera jamais. Elle appartient à la race des gens qui résistent à la torture. Je suis fière d'elle. Mais il faut poursuivre : attaquer, creuser, quitte à se répéter :

« Ton père et moi avons été enchaînés l'un à l'autre comme des criminels de droit commun par la *Libération*, n'est-ce pas drôle ?

— Très drôle en effet.

— À la façon d'un couple en cavale, nous avons traversé le temps à toute allure, oui, le temps, le temps qui nous portait en avant de nous-mêmes sans demander notre avis. Le temps nous a rendus honteux, malhabiles, joyeux du reste, et pour finir triomphants, malgré les menottes. »

(Mon lyrisme dévergondé nous convient. Je nous sens belles, enfin.)

« C'est alors qu'on vous a planqués, papa et toi, dans un quartier de Haute Surveillance sommé d'un mirador. Vous avez cru être à l'abri au fond d'un cachot éclairé nuit et jour alors qu'on ne cessait pas d'espionner vos moindres gestes ou la mécanique de vos pensées et de vos entrailles… »

(En fait, elle parle d'elle-même, elle se blesse elle-même.)

« … Soleil informatique, claviers d'ordinateurs, tables d'écoute, visites ponctuelles de poussiéreux matons, pas vrai ?

— Vrai. »

Sous l'ombre bougeante des platanes, nous descendons un escalier large, métaphysique aussi, qui nous rend notre confiance. Nous venons de percevoir que l'expédition de ce soir est sans limites : elle donne le droit de nous inventer une frontière, invisible à quiconque n'est pas la mère et la fille. On viendrait nous prouver par a plus b que cette frontière est uniquement tracée dans la tête de deux femmes de mauvaise foi, eh bien ni la vieille ni la jeune n'accepterait la sournoise hypothèse de ce *on* mesquin. Nous volons très haut. Et comme s'il était utile de nous convaincre du bien-fondé de notre démarche planante qui nous évite de justesse de poser les pieds sur le sol, un courant de fraîche complicité se lève en avant de nous et nous attire au bord de la grande place rectangulaire. *La* place. Elle est unique en son genre. Un brouillard lumineux et perlé s'élève en bruissant de la haute fontaine dressée au milieu.

Nous résistons un peu à l'appel de ce courant d'air et de ce brouillard.

Il est trop tôt pour lui céder d'un coup.

Il doit rester, un moment encore, une sorte de promesse magique réclamant de notre part un léger effort supplémentaire.

Il faut y croire.

Il faut le mériter.

C'est-à-dire en être dignes : la mère et la fille découvrent qu'avant d'y plonger en toute innocence, elles doivent être lavées de leurs péchés (imaginaires ou non), de leurs erreurs, de leurs doutes, de leurs hésitations, de leurs diagnostics frivoles.

Les voici obligées — avec sévérité — d'équilibrer leurs audaces et leurs prudences. Tel est le problème géométrique nous immobilisant sur ce trottoir arrosé d'ombres.

J'ai l'impression de m'endormir là, debout, liée au flanc de ma fille peut-être endormie elle aussi.

J'avais loué pour nos vacances il y a longtemps de cela une villa au bord de la mer du Nord, et nous avions invité Adeline à passer une semaine auprès de nous. Très vite elle s'était montrée maussade et revêche. Non seulement son départ nous avait soulagés tous les quatre mais nous avait rendus conscients du bonheur de notre intimité de famille. Le modelé soyeux et cannelé des dunes, le miroitement de la plage à marée basse nous éblouissaient mille fois plus. Je me baignais souvent. J'étais fière de mon corps à l'époque, on me regardait beaucoup. Ralph qui était un marcheur infatigable nous emmenait loin dans l'arrière-pays. Nous franchissions des fossés limitant les prairies où paressaient des vaches, nous mangions les tartines du goûter, nous visitions les églises au fond de bourgs ensommeillés, Dieu que nous étions heureux, n'est-ce pas, Shadow? ça se passait en quelle année, essaie de te rappeler.

« Septembre 1960.

— Tu es sûre?

— Sûre. »

Elle le sait parce que John lui avait donné pour l'anniversaire de ses quatorze ans un porte-monnaie en cuir grenat travaillé d'arabesques d'or qu'elle convoitait à l'étalage d'une boutique. Elle s'était attachée à cet objet. À force d'être extrait de sac en sac, palpé, ouvert, puis fermé, il avait fini par vieillir, lui aussi, à la façon d'un corps humain quelconque, jusqu'à l'usure complète : les plis du cuir s'étaient crevassés, les coutures avaient cédé, les dorures s'étaient ternies. Un jour elle l'avait remarqué avec une surprise agacée. Pourquoi les choses les plus ordinaires se résignent-elles à ce principe de destruction? Pourquoi sont-elles si vivantes qu'elles acceptent de mourir? C'était intolérable. Pourtant au lieu de jeter son porte-monnaie aux ordures, elle l'avait rangé dans un tiroir de son bureau afin de rester en contact permanent et fortuit avec ce talisman déchu.

Shadow s'appuie contre moi de l'épaule à la hanche, toute molle et feutrée. Elle estime naturel que ce soit Constance A. sa maman qui ranime une poignée de ses souvenirs, passant de sa tête dans la mienne. Cette situation nouvelle n'a rien d'incongru. Ma fille souhaite même que la substitution de nos esprits se précise : être prise en charge la repose. « Va, fait-elle muettement, à toi de continuer. »

La croissance de John s'était arrêtée tôt, il serait un adulte de taille moyenne aux membres graciles. La tête seule s'était développée. D'où le déséquilibre entre son corps demeuré chétif et son très beau visage. Il en souffrait. Il n'en soufflait jamais mot à personne, pas même à moi. Il avait sa manière à lui de m'adorer à travers un silence maîtrisé, calme, presque froid. Il arrivait, il m'embrassait, il s'en allait les dents serrées et le sourire aux lèvres. Seuls ses yeux d'un noir brûlant sous les sourcils froncés laissaient deviner la violence dissimulée derrière son front buté, violence toujours prête à se manifester. Cela s'est produit lors d'une de mes bagarres avec son père. Soyons honnête, soyons franche : je m'étais montrée odieuse et j'avais mis mon Ralph chéri, si patient et si doux, hors de lui. Il avait fini par me saisir par les cheveux pour me traîner hors de la villa à coups de pied en me traitant de « mouffiasse » ! Trouvaille de langage assez géniale en somme. Cette insulte avait fait exploser John : il s'est rué sur son père et l'a mordu au cou, il s'en est fallu de peu qu'il ne lui tranche la carotide, oh mon Dieu, j'en frissonne encore ! Par chance les deux hommes ont vite retrouvé leur sang-froid. Pourtant j'ai gardé dans l'oreille l'écho de leurs souffles haletants. Ils sont restés un moment à se dévisager de très près, surpris, en état de choc.

Le récit de cet instantané semble amuser ma fille.

« John » (reprend-elle à son compte) « portait une casquette de toile blanche à grande visière posée bas sur le front. Te souviens-tu comme il craignait l'eau ? Il refusait d'apprendre à nager... »

Elle a raison de noter ce détail que j'avais oublié.

« ... Aux heures où nous nous roulions dans les vagues avec délices, il fuyait vers les dunes pour y lire à l'abri du vent, du bruit des marées. »

Maintenant je me rappelle : un soir qu'il tardait à nous rejoindre je l'ai retrouvé dans un creux de sable, si concentré sur sa lecture qu'il ne s'est pas rendu compte de mon approche. Oh mon fils, mon fils, tes yeux glissaient de gauche à droite par secousses légères et de page en page, il fallait un regard de mère pour deviner que tu absorbais à mesure un matériau aussi profond qu'impondérable, tu le rangeais dans le boîtier de ton cerveau, tu l'assimilais, tu le transformais.

Un frisson de contrariété passe sur le visage assombri de ma fille.

Elle désapprouve. Elle me dépêche un

reproche dont l'amertume lui durcit le profil : j'ose m'adresser à son frère comme s'il était vivant et palpable, mon initiative n'est-elle pas scandaleuse ? C'est juste. J'ai tort.

19

Shadow rêve

Bien sûr qu'elle a tort. John est mort. John est de plus en plus mort. Constance A. le sait mais elle s'obstine, consciemment ou non, à toucher de plus près la mort de son fils, ce qui n'est pas une preuve de méchanceté mais seulement une faute de goût comme elle en commet souvent. Ce soir, vraiment, elle dépasse la mesure.

« Maman, dis-je le plus délicatement possible.

— Shadow », répond-elle sans répondre.

Nous nous sommes assises sur un banc de la grande place dont j'adore les allures italiennes, les tours asymétriques de l'église sont baignées d'un éclat phosphorescent vert et safrané. La fontaine est une splendide marmite en ébullition scintillante. Au sommet les quatre prédicateurs noirs se tournent le dos, chacun préoccupé par son propre rêve minéral : ils se détestent depuis plusieurs siècles au point qu'ils ont fini par s'oublier.

Du bassin circulaire bouillonnant s'élève

une épaisse vapeur mouillée bruyante. Je suis certaine que son murmure est lié à notre aventure privée dont il évente le chapitre en cours. Constance et moi sommes fascinées par la grâce mobile des jets d'eau qui retombent en arches vigoureuses, en transparences plissées, en voilages figurant un grand berceau renversé.

Ce serait bon de s'y précipiter ensemble pour y retrouver nos langes. Car nous avons été autrefois deux merveilleux bébés, n'est-ce pas, plongés dans un infini mousseux d'insouciance. Pourquoi avons-nous été arrachées à ce vieux paradis ?

Très émue, Constance demande si je me sens bien.

« Oui, mais fatiguée » (Je suis émue, moi aussi.)

« C'est le printemps, ma chérie.

— Le printemps, oui.

— Sommes-nous intéressantes ?

— Nous ne sommes pas intéressantes. Nous sommes nulles. »

(Dérapage dangereux, mais diversion nécessaire.)

« Tu te coucheras tout de suite en rentrant ?

— Je regarderai un moment la télévision en zappant. J'aime le télescopage des films, surtout pas d'émissions culturelles étalant les perversités de la bonne conscience. Un bon vieux polar américain suffira avec ses bandeaux de cités et de routes, ses ascenseurs, ses criminels et ses innocents pensifs. »

(La diversion est aérée, excellente, les yeux de ma mère me scrutent.)

« Ou bien je me fixerai sur la reposante bassesse d'un show de variétés, oh oui, pas de somnifères plus excitants, beaux garçons et jolies filles sanglés dans leurs jeans pailletés, voix rauques et voix suaves, talents et médiocrités, bouches collées au micro-sexe, fureurs et sensualités feintes, tangages et roulis des culs, regardez-moi, téléspectateur, comme je prends bien la lumière, écoutez ma chanson chargée de tous les chagrins et nostalgies, fidélités, trahisons, voluptés incurables de la détresse humaine, je vous les donne, je vous les donne, ne craignez pas de prendre tout. »

(Gracieux haut-le-corps indigné de ma compagne.)

« Ne me dis pas, mon enfant, que tu trouves le calme au fond de *ça* !...

— Mais oui, mais oui. » (Les larmes brûlent mes yeux.) « J'éteins et m'enfonce sous les couvertures pour protéger mes révélations. Tu veux savoir lesquelles ? Toutes sans distinction, qu'elles soient ridicules, tendres ou grossières, m'enseignent chacune à sa manière que la Création sert d'aliment au Diable. Je comprends alors les milliards de "pourquoi ?" de nos chairs condamnées d'office. Dieu a pitié parce qu'il nous hait. Son obole ? La mort. Il n'a rien trouvé de mieux. Nous rasons les murs en feignant de l'ignorer. Pourquoi la mort, dis-moi ? Où la mort ? Quand la mort ? Ici la mort ? Plus loin la mort ? Tôt la mort ? Tard la mort ? Dehors ou dedans ? Eh bien, chef, nous refusons ta répugnante aumône. »

Elle se demande si je ne suis pas frappée de folie.

C'est fort possible.

Je me surprends à commettre un geste inouï.

Le fait est là.

J'ai saisi la main de ma mère pour y poser un baiser.

Elle rajeunit de vingt ans.

Jaillis de la fontaine, des reflets poudroyants l'étoilent.

Fraîche et bavarde, la fontaine est toujours présente.

Dieu que cette femme a dû être belle... Jamais je n'ai voulu l'admettre. À seize ans elle posait pour un grand couturier. Elle en avait gardé un album de photos qu'elle m'a donné, je me souviens, dans un rare élan de confiance et d'allégresse. Elle y porte des robes de velours de soie ultra-courtes comme l'exigeait la mode, des choux de satin fleurissant les corsages. Elle y est sérieuse, hautaine, le poing sur la hanche, très espagnole. Je ne suis pas fétichiste pour un sou s'il s'agit de Constance : en mettant de l'ordre récemment, j'ai retrouvé l'album que j'ai déchiré page à page avant de le jeter à la poubelle.

La fontaine élève le ton dès que la brise s'en mêle. Nous appartenons à ses jeux d'eaux métaphysiques (comme la rue de tout à l'heure). Elle s'occupe aussi d'une famille d'Américains : les enfants affolés de plaisir traversent le brouillard irisé balayeur, et l'un d'eux marche en équilibre sur la margelle du bassin dont il fait le tour en poussant des cris. « Oh Sam, please, come back », supplie la mère au petit funambule. Si je m'écoutais, je bondirais vers cet inconnu dont je n'aperçois que la forme grise et dorée dans la pénombre grise et dorée. Dans une trentaine d'années peut-être, comment savoir, il mettra fin à ses jours sans explication (l'irracontable se cachant toujours derrière le racontable) : arrêtons les frais, pensera-t-il, la vie est trop coûteuse.

Vivre : rien de plus dispendieux au monde.

Vivre : luxe aberrant, matériel et moral.

Vivre : vocations contrariées, amours tragiques, sereines, déchirantes.

Vivre : entretien du corps, discipline au jour le jour. Cravachons.

Vivre : inaltérable gymnastique de la reproduction de l'Espèce.

Les Américains emportés sur des rails invisibles ont gagné les coulisses de la place en laissant derrière eux un trou de silence.

Maman se mord la lèvre inférieure.

Comme moi elle crie au-dedans d'elle :

« John, attention ! » mais nous savons qu'il est trop tard.

La fraîcheur tombe d'un coup. Constance reboutonne son manteau et voici qu'elle se lève et s'éloigne, ample et droite, parfumée et brillante. Se retourne vers moi. Prétend en avoir assez de ce banc, « le banc des accusés ! » fait-elle avec une moue de mépris. Il est évident qu'elle cherche à capter l'espace entier devenu dans son imaginaire épuisé de mère une espèce de tribunal de grande instance. Mieux : une cour d'assises où l'on nous a fait interpréter (sans doute par erreur) un rôle de criminelles. Elle s'agite. Elle me fait signe de la suivre. J'obéis.

Parce que l'heure de la vérité est sur le point de sonner dans nos têtes.

L'heure de la vérité est aussi l'heure du *centre.*

Comment pourrions-nous figurer concrètement cette vérité du *centre*?

Simple comme bonjour-bonsoir. Nous devons lui donner l'apparence — vaporeuse et rythmée de chuchotements — d'un certain John Memory, mon ex-frère et son ex-fils.

Embrasement sonore de la place, décor chargé de garantir la bonne marche des événements.

Aucun doute : nous voici plongées au cœur de l'événement.

« Pardon, Dieu », dis-je très bas. J'ai blasphémé. J'ai honte. Dieu n'est qu'amour et justice. Je crois en lui. Ce qui me donne le droit de lui réclamer des comptes : en m'adressant à notre tyran bien-aimé, ma voix s'est veloutée d'émotion. Je tiens à lui plaire. Pourtant je souhaite qu'il saisisse l'ambiguïté de mes propos malgré la distance qui nous sépare. « Entendu, Dieu, je rampe au ras du sol alors que tu occupes les profondeurs intersidérales. Iniquité scandaleuse, entre nous soit dit. »

« Galimatias ! » s'écrie Constance avec aigreur. Chercherait-elle à couper mon élan ? Dans ce cas, elle a raté son coup. J'enchaîne, tout haut maintenant :

« Tu as donné la vie à John. Il a fait mine d'accepter cet encombrant cadeau jusqu'à l'âge de quarante-trois ans. Il l'a traîné derrière lui sans manifester l'ombre d'un reproche. Il était là, donc il fallait aller. Il allait. Mais voici : comment savoir si son corps de gentil petit garçon n'a pas été marqué dès la naissance par un inconscient désir d'autodestruction ? désir que toi, sa mère, lui aurait greffé dans la tête dès l'époque où tu n'étais encore qu'une jolie femme enceinte porteuse d'espoirs, de fiertés, de convictions.

As-tu supposé, ne fût-ce qu'une seconde, que ton fils bien-aimé ait pu prendre conscience du grossissement subtil de ce mortel embryon ? Il le cultivait avec le soin machinal d'un jardinier au lieu de s'en débarrasser.

Et pour quel motif ? Parce que c'est toi,

maman, qui lui a injecté du même coup la psychologie tordue d'un *couveur.*

Au-dehors, il se montrait affable et distrait, obéissant à l'ordre banal imposé par la succession des devoirs : croissance, études brillantes, jeune amour, jeune mariage, jeunes paternités, etc. Parfait.

Pourtant, à l'insu de n'importe quel observateur aussi vigilant soit-il, John concentrait ses forces (je parle de son intuition) sur le vigoureux développement de son mal... »

J'ai poignardé Constance en plein cœur. Si la plaie des chagrins était visible à l'œil nu, je verrais jaillir le sang. Elle me dit dans un sanglot sec :

« J'aurais dû savoir...

— Moi aussi.

— J'aurais pu savoir.

— Nous aurions pu. »

Le double aveu nous donne des ailes. La fête de l'Ascension, solennelle d'un côté mais intime de l'autre, nous prend enfin en charge. Jusqu'ici nous nous sommes tues pour éviter que la rencontre de ce soir prenne son vrai sens, un sens du bonheur qu'on a le talent d'étouffer par instinct de conservation...

« N'est-ce pas, *ma chérie*? »

Oui, c'est bien moi qui traite sa mère de *chérie* pour la première fois, ce qui ne se reproduira plus sans doute. Nous avons gaspillé pas mal de temps. Cependant rien n'est perdu.

Elle me regarde en face. Si nos yeux étaient des animaux doués de sentiments humains, ils se jetteraient l'un sur l'autre pour se couvrir de caresses.

« Filons d'ici, nous allons prendre froid. »

En guise de réponse, elle se borne à pousser son beau rire un peu cassé de perroquet qui d'ordinaire a le don de m'irriter, eh bien non, me voilà touchée. La chienne, qu'elle avait libérée de sa laisse, s'éloigne par bonds frénétiques en aboyant.

« Shadow, ici ! » hurle sa maîtresse.

Passons sur le lapsus. À présent il m'enchante. Il entre avec un parfait naturel dans le décor de la fête, entraînant la mère et la fille à l'intérieur d'un rêve éveillé bougeant. Une prostration radieuse nous maintient encore, Dieu sait pourquoi, au bord de la place qu'ont désertée ses occupants anecdotiques. Anecdotiques, bien sûr, mais intéressants dans la mesure où ils nous ont servi de figurants modèles, en dépit du flou vaporisé mobile de leurs silhouettes.

Rien n'est superficiel ici-bas.

Elle est toujours d'accord, voilà le prodige.

Nous ignorons tout de ces passants qui nous ignorent. Ils continuent ailleurs à se haïr ou s'adorer d'un même élan. Ils ont du moins le mérite d'avoir su d'instinct que nous avons besoin d'être seules.

Nous sommes bien. Nous sommes heureuses. Nous sommes tristes. Nous nous ennuyons à mourir. Et ce n'est qu'un début.

Bref : nous sommes à l'heure.

« Continue, ma fille, continue, implore-t-elle, vorace, tendre et têtue, impérieuse.

— Quinze jours avant d'en finir, John m'a téléphoné : il souhaitait que je l'invite à dîner "en tête à tête", c'était ses propres mots qui m'avaient un peu surprise, pas même intriguée. "Tête à tête" sortait de son vocabulaire habituel. Il est arrivé chez moi très en retard. Toujours et partout il était en retard, ce qui me mettait les nerfs en boule. "Quand donc apprendras-tu la ponctualité ?" ai-je dit à la minute où je lui ai ouvert. Il a répondu par un simple sourire à la fois désinvolte, ferme et gentil, expliquant qu'il avait le droit de se moquer de l'exactitude en n'importe quelle circonstance. Je lui ai rappelé non sans rudesse qu'il ratait ses trains, ses avions, ses rendez-vous. Mon reproche n'a pas eu d'effet. À gestes précis et méticuleux il s'est débarrassé de son ridicule manteau-pèlerine et de ses gants de peau noire. Il me semblait plus beau encore que d'habitude : ses yeux enfoncés sous les sourcils joints lançaient des éclairs. Nous nous sommes mis à table. J'avais soigné le repas, non seulement parce que nous étions gourmands mais aussi pour nous disposer aux confidences. J'attendais le signal. Il attendait de son côté : selon lui, c'était moi, sa sœur, qui devais le donner, mais je n'en avais nulle envie. Nous restions ainsi dans une expectative prudente, coupée de banalités sur le mauvais temps (il neigeait), les études des enfants, le caractère aigri d'Aria et ses travaux de professeur plutôt assommants. Son projet dans l'immédiat : louer un appartement spacieux qui lui permettrait d'avoir son bureau à lui. Il pourrait s'y tenir à l'écart d'une vie de famille trop bruyante et désordonnée. Il y aurait sa bibliothèque, ses placards, ses tableaux préférés, et même un lit de repos pour lui tout seul. Ces réflexions superficielles nous laissaient contrariés pourtant, et comme ratatinés par la peur de rater l'essentiel de la rencontre. Nous sommes sortis de l'impasse au dessert. Soudain John s'est animé en me racontant quelques petits faits, dépourvus d'importance eût-on dit, mais qui nous rapprochaient d'une chose jusqu'alors indicible. Il avait retrouvé au fond d'une vieille malle quelques pages du brouillon de roman qu'autrefois nous avions entrepris avec passion. Il les avait jugées médiocres au point de les jeter illico. Son visage s'est empourpré. Le ton s'est fait véhément. Il a écarté les bras. Il a ouvert grand la bouche. Enfin-enfin il allait parler, parler vraiment. J'ai réagi par un brutal haussement d'épaules. Je ne voulais pas le laisser parler. Alors, maman, regarde ce qu'il m'a donné à la minute où nous nous quittions... »

20

Constance rêve

Avec ostentation elle fouille son sac pour m'impressionner, on dirait une toute jeune fille s'essayant à jouer un rôle de femme. Je suis fière d'elle. Oh ma petite, encore bébé tu cherchais à me séduire en me suivant à quatre pattes à travers l'appartement. Je te fredonnais *Frère Jacques* pour te charmer aussi, tu gloussais de plaisir, tu étais jolie pour moi, j'étais jolie pour toi, nous n'avions peur de rien : la comptine répétée était une garantie formelle d'immobilisme. Nous avions l'art de casser le temps : plus jamais l'air du moment et l'air de la vie entière ne bougeraient. Par conséquent tu ne grandirais pas, ta petite maman ne vieillirait pas.

Ce n'est donc pas le hasard qui nous amène à nous retrouver cette nuit. Nous sommes simultanément passées et présentes. Tu restes mon nourrisson dodu. Je suis encore une belle jeune femme aux dents voraces. J'irai plus loin : bien que ton frère ait disparu dans les limbes, tout se passe comme si nous attendions sa naissance. Dis-moi, n'ai-je pas le ventre enflé d'une personne au neuvième mois ?

Qu'a-t-elle extrait de sa poche de cuir avachi ? un collier de perles d'ivoire. Elle me le tend en précisant qu'elle ne l'a jamais porté. Elle s'est contentée de le toucher, de l'égrener comme un chapelet.

Pour l'étonner (et même la scandaliser), je le passe autour de mon cou.

« À partir de maintenant, Shadow, nous avons le droit de tout nous permettre. Tu sens comme moi. Alors, continue, je t'écoute.

— En me quittant ce soir-là, John a évoqué le prochain déjeuner de Pâques en famille. Nous détestions ce genre de rites, nous avons ri tous les deux, puis il s'est engagé dans la cage de l'escalier. Appuyée à la rampe, je le regardais descendre. Du palier du troisième étage, il a levé la tête en me faisant un dernier signe. Son ample manteau flottait.

— Va, ma chérie.

— Nous l'avons attendu en vain le jour du repas. Nous étions plus furieux qu'inquiets. Aussi la nouvelle qu'on nous a communiquée le lendemain nous a soulagés dans un certain sens : c'était presque logique. On avait repêché son corps dans un canal au nord de la Hollande, pays natal de notre ami Justin K.

— Alors, voilà », crie-t-elle en se frappant le front du poing.

J'essaie de l'interrompre. Rien à faire, elle est lancée :

« Donc la veille, ton fils, oui, ton fils s'est installé dans un train de nuit en seconde classe, lui qui rêvait depuis toujours de luxe. Il pensait à nous qui l'attendrions en vain. Il n'a pas fermé l'œil à force de nous exposer mentalement son projet qu'il n'a cessé de méditer jusqu'à l'instant de l'*acte.* Car il s'agit bien d'un *acte,* dis ? »

J'étouffe une plainte.

« Qu'est-ce que ça peut faire puisque nous sommes des fées ? »

L'incongruité du mot « fées » la met hors d'elle.

« À quoi joues-tu, maman ? Nous ne sommes que deux abruties n'ayant pas compris à temps. Je serais arrivée là-bas bien avant lui pour l'attendre sur le quai de la gare. En m'apercevant, il aurait serré les mâchoires et grondé “Qu'est-ce que tu fiches ici ?”. Je l'aurais engagé à prendre avec moi un petit déjeuner consistant...

— Arrête ! Je me sens tout à coup si vieille. »

Mais elle :

« Il avait les yeux bouffis, les vêtements froissés, les joues bleuies de barbe, il ne portait aucun bagage...

— Tu inventes ?

— Nous avons choisi un café du port fréquenté surtout par les pêcheurs. John mourait de faim. Il s'est gavé de tartines et de chocolat. Il a tenu à payer les consommations. Puis il s'est levé, raide et très pâle, en déclarant qu'il avait besoin de rester seul. La sauvagerie de son regard m'intriguait. Il m'a quittée sec. Mais je l'ai suivi. Bientôt il est sorti de la petite ville. Le paysage était tout plat, d'un vert mouillé intense quadrillé de canaux miroitants, la route paresseuse était lascive. Où s'arrêtaient les prairies, où commençait l'eau ? Impossible de le savoir. John qui marchait beaucoup plus vite que moi s'est immobilisé sur le dernier pont avant la côte. Il a posé ses mains sur le parapet. Je me suis précipitée en hurlant qu'il n'avait pas le droit. *Le droit de quoi ?* a-t-il répliqué en me repoussant avec violence. J'ai continué à crier que nous allions reprendre ensemble le train du retour, qu'il était un homme combatif, donc heureux, qu'il découvrirait bientôt à quel point la vie peut être belle quand on le veut de toutes ses forces. Je l'ai senti mollir sous mes paumes, oh Dieu, il s'abandonnait, il consentait à croire en moi, il allait croire, il croyait, il était sauvé... »

Comme saisie de convulsions, Shadow se laisse aller de tout son poids contre mon épaule, le souffle bloqué et les yeux blancs. Toute petite fille ça lui arrivait de temps en temps, affolée je la secouais pour la ranimer. Cette nuit, au contraire, je me retiens de bouger pour laisser à nos muscles le soin de se débrouiller tout seuls.

Et la voilà qui reprend connaissance en effet. Les lèvres encore blanches, elle crie :

« Tout ça est faux. Je ne me suis pas précipitée là-bas pour le retenir. Voici la réalité ! Tu t'en souviens ? Nous l'attendions pour notre banal repas de famille. »

Bien sûr que je me souviens. Nous avons pris place autour de la table coquettement arrangée : j'avais sorti les couverts en argent, les verres de cristal et notre plus beau service de porcelaine. Nous étions encore paisibles, nous écoutions seulement les battements de l'horloge avec une distraction à peine soucieuse. Si les objets pouvaient parler, ils seraient d'impitoyables avertisseurs de catastrophe, tic-tac, tic-tac, tic-tac faisait l'horloge afin de nous signifier : « Attention — attention — attention, John là-haut — John là-haut — John là-haut, Temps encore — temps encore — temps encore, Aller vite — aller vite — aller vite — aller vite. » Nous avions faim. Papa a servi le vin. J'ai demandé si la viande était bonne. Une merveille d'onctuosité, m'a-t-on répondu. Je me contentais de scruter Ralph, sa façon gourmande de mastiquer les mets avec une pudeur qui lui est particulière. Je tenais à le surprendre dans l'intimité de son intimité. De seconde en seconde l'angoisse raidissait ses belles mâchoires et lui gonflait le cou. Il guettait comme un fou le timbre de la sonnette d'entrée.

Maintenant j'ai froid. Il est tard. Fatigué d'attendre, Ralph a dû se coucher. Il me manque. Sa santé s'altère depuis peu. Rien de grave, bien sûr, mais une sorte d'engourdissement progressif. Nous sommes devenus prudents dès qu'il s'agit d'un effort quelconque. Par exemple nous avons cessé de faire l'amour presque sans y penser. Pour que nous nous appartenions, il suffit d'emmêler nos bras et nos jambes avant de nous endormir. Nos chaleurs se confondent, nos sangs se mélangent avec gentillesse. Nous échangeons quelques propos anodins. Nous prêtons moins l'oreille au murmure de nos voix qu'à celui du sommeil resté fidèle à notre ancienne passion.

Shadow éclate en sanglots comme un bébé, ses larmes m'échauffent les oreilles, elle demande si nous nous aimons toujours, papa et moi. Je pleure aussi, et c'est bon. Puis je ris en racontant que chaque matin au réveil et sans raison précise, papa et moi nous nous déclarons de nouveau la guerre, lui par le silence et moi par les cris. Nous décidons qu'une séparation est nécessaire, la vie commune étant impossible. *C'est juré*, déclarons-nous avec solennité. Le spectacle doit être savoureux, tu sais, dommage qu'aucun public ne puisse en jouir.

« Cesse de pleurer, ma fille.

— Cesse de pleurer, ma mère. Continue. »

Un peu plus tard, et toujours sans raison, papa lâche son journal et moi mon ouvrage. Pensivement il dit « Je t'aime ». Je lui réponds en écho que je l'aime aussi. Ce ne sont pas nos paroles qui comptent mais leur vibration réclamant de la part des vieux amants une folle acuité d'intelligence. Alors nous remontons à la surface de nos vies. Tu me suis toujours ? Elle me suit toujours, prétend-elle. Si c'est le cas, pourquoi se détache-t-elle de moi avec vivacité ? On croirait que je l'ai mordue. Ah je vois, je vois ! Fille jalouse de la mère. Du côté de la fille, c'est le vide absolu, la fatale agonie du cœur, le froid du corps.

La pauvre, pauvre petite veut nous ramener de force à John. Question cruciale que j'ai vainement essayé de contourner.

Donc, John…

Encore et toujours l'insupportable John !

Découverte : je m'intéresse cent fois moins à mon fils qu'elle ne s'intéresse, elle, à son frère.

Tout se passe comme si je n'avais pas mis un garçon au monde.

L'amour maternel ne serait qu'une sanglante comédie machinée par le hasard.

Shadow, qui a flairé ca, se prépare à prendre à sa charge notre jeune suicidé. Il va lui appartenir car elle s'en veut le fantôme. Oh morbidité ! Elle sera désormais la vraie mère. Stratégie subtile dont le but est de mieux m'enfoncer dans le gouffre de ma culpabilité. Tu as gagné, chérie.

Le fait d'admettre qu'elle vient de s'emparer de mon âme a le don de la détendre.

Elle sourit de nouveau, souple et douce, après avoir séché ses larmes. De son mouchoir roulé en boule elle éponge aussi les miennes. Elle souffre mieux que moi. Elle souffre davantage parce qu'elle est douée dans ce sens. Bien fait pour elle.

« Bien fait pour toi », dis-je sur un ton maniéré.

Tu es presque une enfant encore, n'est-ce pas, mais je ne te céderai pas comme autrefois.

Ce qui ne m'empêche pas de l'attirer de nouveau contre moi. Non, ne me résiste pas, ne me résiste plus, ne te méfie pas de l'onctuosité de mes mains serrant tes épaules.

Elle est au bord de reprendre l'initiative du faux combat qui nous déchire et nous brûle. Fatigue, fatigue. Tournoi de haine amoureuse touchant à sa fin.

« Shadow, tu m'écoutes vraiment ? »

Nous voyons *ensemble* John accoudé au parapet du pont, prêt à se *saborder*. Son image assombrie se morcelle et danse à la surface du canal. Il fait un froid de loup, plus de printemps en perspective, plus d'été, plus d'automne pour cet homme encore jeune. Autrefois nous l'interrogions sur sa peur de l'eau. Il éludait. On n'explique pas les variations de couleurs de peaux chez les membres d'une même famille, l'étroitesse ou l'ampleur des torses, la finesse ou l'épaisseur des mains et des pieds. Mystères génétiques.

Ne perdons pas le fil. Nous le suivrons jusqu'au bout.

D'abord John — le garçon le plus méthodique du monde — a vérifié s'il était tout à fait seul. Il fallait prévoir qu'aucun intrus n'intervienne au bon moment, il y a des gêneurs partout. Rassuré, il a disposé ses papiers d'identité bien en évidence sur la berge en les calant sous une pierre. Ensuite il s'est déganté, pourquoi ce détail idiot? mais c'est ainsi. (Les gants ont été retrouvés.) Notre discours chuchoté va d'elle à moi et de moi à elle. Ce n'est même pas un discours. Nous n'avons plus besoin de chercher et trouver des mots. Nous n'avons plus besoin de rien. Nous nous sommes versées l'une dans l'autre. D'un tacite accord nous avons jeté par-dessus bord le pauvre petit corps halluciné de John Memory, il a cessé de nous tenir en otages. Nous sommes enfin deux femmes libres. Moi, Constance A., occupe sans difficulté la tête de Shadow Memory. Et vice versa.

Serait-ce le début d'une harmonie à la fois espérée et redoutée?

L'osmose?

La symbiose exquise et ravageante?

Pourrais-je infecter sainement l'imaginaire

de ma fille à travers mes fantasmes privés ? Serait-elle en mesure de me donner les siens ?

Tous les espoirs sont permis. À la faveur de ce transit, nous pourrions renverser le mouvement naturel du temps.

Shadow Memory vieillit à toute allure. Constance A. rajeunit.

Nous allons nous estimer. Nous nous estimons.

Pour commencer, dis-je très haut, filons d'ici, nous en avons assez de cette place dont, d'ailleurs, on a éteint jeux d'eau et projecteurs. Les quatre prédicateurs ont aussi besoin de changer d'air. Levés d'un seul mouvement, chacun part dans une direction opposée. La durée de leur séjour ici ne les a pas réconciliés. Leurs hautes guérites en forme de coquille semblent n'avoir jamais abrité personne. Ils ont été nos collaborateurs. Dans les plis flottants de leurs manteaux de marbre ils emportent la dépouille de notre encombrant macchabée. Ils ont dû nous entendre penser : « Exit le fils, exit le frère, exit le père. ». La bonté de ces héros de la contemplation est infinie.

« D'accord, ma fille ?

— D'accord, ma mère. »

Automatiquement, chaque femme devient en fin de compte la mère de ses nombreux morts.

Avant cela, elle se borne à n'être en toute

modestie qu'une femme enceinte, médicalement contrôlée jusqu'au jour de l'accouchement.

Accouchement sans douleur : précisons-le.

Comme elle est faite pour mettre au monde un condamné irrévocable, elle ignore l'angoisse puisqu'elle en pressent l'utilité.

L'histoire de l'humanité tout entière dépend d'elle, d'elle seule.

De générations en générations, chacune s'emploie à couver de nouveaux morts. Encore, encore et toujours de nouveaux morts.

Le Temps est là pour apprécier la constance du travail éternellement reconduit.

Donc le Temps s'évertue à la sacraliser, à l'honorer en qualité de Reine de la productivité ! (Je lance un regard en biais à ma jeune compagne :)

« J'espère que tu admires mon éloquence et l'élévation de mon esprit.

— J'admire. » (Elle étouffe un rire.)

« Il est urgent que nous nous refassions une santé en quittant au plus vite ce sauna. »

Nous nous sommes éloignées de la place au pas de course. Nous n'avons pas besoin de nous retourner pour constater que les prédicateurs, charmés par notre fuite, se sont rassis au sommet de la fontaine. La dépouille de John Memory dès lors leur appartient, ils peuvent en faire ce qu'ils veulent, cela ne nous concerne plus. À mort la mort !

À bas tous les morts. En particulier le nôtre. Entendu, nous avons été tentées « d'en faire un plat » pour s'exprimer grossièrement. C'était idiot. Soyons résolues et joyeuses, ma chère. Il nous suffit désormais de parachever le cérémonial de combustion d'un individu qui nous a subjuguées bien à tort.

S'il advient, par surprise, que les restes consumés de mon fils se rallument sous les feux de nos souvenirs, eh bien nous saurons nous en protéger par le biais d'un rire de pitié gaillarde.

Nous repousserons du pied son maigre tas de cendres.

Nous interpréterons les choses sous le seul angle vrai, souverain, inattaquable : la bouffonnerie.

Ainsi serons-nous préservées, toi et moi, de l'écœurante banalité des formes disparues.

Nous comprendrons mieux l'énorme piège de la fiction qu'elles imposent.

Qu'est-ce que la mort, sinon un écrivain raté.

21

Shadow ouvre

Elle a bien dit *bouffonnerie*... J'en ai les jambes coupées, pour un peu je me laisserais tomber par terre d'épuisement surexcité. Le renversement des perspectives peut être qualifié d'historique : l'improbable, l'impossible se produisent avec un naturel époustouflant. Les prédicateurs — maintenant à bonne distance — en seraient-ils responsables ? Sûr.

Sans interrompre notre marche en direction de notre quartier, maman et moi nous nous enveloppons gentiment du regard avec l'ardeur admirative et jalouse (malgré tout défaitiste) que se lanceraient des inconnues se croisant par hasard.

Certaines boutiques de bijoux et de fringues sont encore éclairées. Constance A. m'oblige à m'arrêter un moment : elle prend un air extasié devant les mannequins. Oppressée, elle sourit, la bouche entrouverte. Elle a gardé intact son appétit de toilettes ou de parures comme à l'époque où elle cherchait à séduire, à conquérir, à se moquer de ses conquêtes dont elle se fichait éperdument.

Eh bien, elle est en train de me séduire. Je l'adore.

« Vrai, tu m'aimes un peu ? » fait-elle sur un ton d'humble, ineffable coquetterie, tout comme si j'avais pensé « Je t'adore » à voix haute.

« Quand j'étais petite je voulais tuer papa à coups de couteau de cuisine pour prendre sa place dans votre lit. J'étais convaincue qu'il ne s'agirait pas d'un crime mais d'une remise en ordre : nous n'avions pas besoin d'un homme entre nous. »

La voilà qui éclate de rire. Écart annulé. Je ne suis pas encore née, sa grossesse d'il y a quarante-cinq ans lui paraît dérisoire d'insuffisance, elle réclame aux divinités de la génétique un supplément d'information qui lui permettra de me fignoler.

L'avenue est fleurie de cannas aussi épais et noirs que des fruits de sang. Le ciel poudré de rose découpe les toits des hauts immeubles serrés : ces vigiles austères cachent des masses de couples en train de faire l'amour. Certaines femmes, transformées déjà en récipient de fraîcheur active, ignorent qu'il contient le germe de ce qui sera un enfant sans l'être tout en l'étant. Elles se bornent à n'être qu'assouvies, chaudes, innocentes après leur délicieux péché.

Oh maman, dis-je sans dire, sens-tu notre petitesse au cœur de cette fête dont Dieu (pour ne pas le nommer) propose la mise en scène exclusive ? L'avons-nous remercié ? Peut-être aurions-nous dû rester près de l'église. N'y pensons plus. Les regrets et les remords sont stupides, et nous sommes incapables de retourner en arrière de nous-mêmes, les jeux sont faits, et bien faits.

La meilleure tactique est de se laisser porter.

Mouvement, oui. Il est bon d'en noter la singularité.

Il agit à la façon d'un courant vif. Tout se passe comme si nos jambes ne jouaient aucun rôle mécanique. Nous avons cessé d'être deux rythmes martelant le sol : les vagues berçantes de l'horizontalité nous entraînent en somnambules averties. Flotteuses à fleur d'air. Nageuses de haut niveau. Compétition touchant à son terme. Nous ne le redoutons pas. Il n'y aura ni vainqueur ni vaincu.

La mère demande à quoi je pense.

La fille (moi) répond : à rien — une fois de plus.

On devrait obéir plus souvent au ronron de la non-pensée : il est productif et d'une grande efficacité. On l'évite parce qu'on a honte du vide. Chasser les déchets tourbillonnants de nos cerveaux serait à la fois enrichissant et calmant.

À l'instant où me vient la caressante idée d'une totale absence d'idée, un show imprévu m'en offre l'illustration.

En traversant une rue sombre évoquant quelque canal en impasse à Venise, nous apercevons dans le renfoncement d'un porche un clochard endormi, mains sous la joue et jambes repliées. Il a la grâce d'un seigneur, il est maître des lieux. Ni vieux ni jeune, ni beau ni laid, ni tout à fait propre ni tout à fait sale, il est l'incarnation même de la bonté, de la justice, du sang-froid. (Maman m'approuve.) L'homme a résolu tous les problèmes et percé les énigmes. Sans l'aide de qui que ce soit il a traversé la faim, la soif, le chaud, le froid, le blanc et le noir, la crasse, le silence, la fatigue et le bruit. Il a compris la vulgarité de l'être humain. Parce qu'il est attiré par la mort, aime la mort, se laisse geler dans la perspective de la mort. Or ce clochard refuse la mort de toutes ses forces restées enfantines. Il adore la vie. Il veut la vie. Il s'est marginalisé pour mieux en jouir, animé par la seule évidence qui soit délectable ici-bas : tous les hommes sont taillés sur un modèle standard.

On aimerait s'attarder près de ce professeur dont la science fait luire le front. À son réveil il nous ferait un cours. Nous serions ses meilleures élèves, bientôt titularisées professeurs de vie et d'évidences.

« Restons modestes », reprend-elle en écho

de ma dérive mentale. (Elle ravale un gloussement, puis :) « L'essentiel est de ne pas rater le cœur de notre aventure. Avons-nous jamais vécu *un moment aussi parfait* ? »

Bref délai de réflexion avant d'ajouter qu'en effet nous n'avons jamais connu jusqu'ici de *moment parfait.*

Je la prends en flagrant délit de mensonge ou d'oubli. J'exulte. Je lui touche la tempe :

« Vivre et oublier sont synonymes dans ta tête. »

Petit geste de protestation factice de sa part. Inutile. Je la tiens.

« Tu refuses le *moment parfait* de mon quatorzième anniversaire. Papa nous avait emmenés dîner au Divan Bleu (il se trouvait là-bas au croisement, remplacé depuis par un Mac Do). Tu m'avais cousu ma première robe de jeune fille en satin bleu corbeau serrée à la taille par une ceinture à boucle d'argent qui venait de ta mère. Le luxe désuet du restaurant plein de glaces et de plantes vertes m'excitait. Des reflets de moi venaient à ma rencontre et je me trouvais enfin un peu jolie, j'étais heureuse et John était heureux aussi. On nous a servi du jambon de Parme et du melon au porto. Tout à coup papa t'a dit avec une gravité insistante : "*Encore un peu de jambon, mon amour ?* en tenant une tranche piquée au bout de sa fourchette. *Je veux bien, mon amour*", as-tu répliqué. Ces deux bouts de phrase anodins étaient trop forts pour vos enfants qui hésitaient entre le fou rire et les larmes.

— Alors, alors, alors ? s'écrie Constance.

— Papa et toi étiez deux figures mythologiques, Ralph a dû le sentir. Il a eu l'idée géniale de nous envoyer au tabac d'à côté lui acheter des cigarettes. La soirée était tiède, un reste de jour traînait à l'ouest, nous avons traversé le carrefour sans nous presser, pensant : Ralph Memory notre père est un homme, Constance A. notre mère est une femme, nous étions radieux, jaloux et frustrés à l'idée que vous profitiez de notre absence pour vous embrasser. En vous rejoignant nous avons constaté que vous n'aviez pas bougé, toujours prudes et frustrés comme deux statues. Indemnes. Froids. Ailleurs. Sûrs de vos liens que n'avait ratifiés aucune loi civile. Ainsi donc par stupidité imprévoyante, le *moment parfait* dont nous avions joui par mégarde se refermait-il sur lui-même. Le fossé qui nous séparait ne serait jamais comblé. M'autorises-tu à pousser plus loin mon petit délire de mémoire ?

— Va.

— L'instinct natal du suicide — dont nous avons parlé tout à l'heure — a germé dans la tête de ton petit garçon à l'issue de ce dîner-là. »

Elle pousse un cri de gorge :

« Non, non, non, non !

— Tu ne l'as pas su. Ralph ne l'a pas su. Je ne l'ai pas su. Même John le contaminé ne l'a pas su. Dès l'âge de treize ans il s'est joyeusement, héroïquement, simplement attelé à la besogne de vivre. Il a terminé ses études en raflant tous les prix, nous étions fiers de l'avenir qui se préparait pour ce garçon au visage superbe.

— Arrête !

— Nous sommes les maîtres de nos souvenirs, petite mère, même défaits. Sens à quel point nous avons le devoir d'être nous. »

Mes déclarations réactionnaires l'épouvantent : ces deux corps féminins en marche, qu'ont-ils à s'offrir ? *Rien.* Nous communiquons en apparence. Je suis ici, Constance est là. En dépit de la chaleur des aveux, nos cerveaux restent congelés par la peur du vide : nous serions les jouets d'un complot démesuré qu'on peut appeler la Grande Trahison. Des milliards d'autres victimes souffrent de la même angoisse d'échec. Soyons honnêtes : l'angoisse, douée de générosité, est bienfaisante et n'oublie personne. Nous la supplions de nous abreuver, « Je suis là, je suis là, oh angoisse, nous avons faim de toi ».

Voilà qui la fait rire, c'était mon souhait. Ce que cela peut être réconfortant un rire tout simple, sobre, naïf, mélancolique. Plus le temps passe, plus nous nous tenons avec aisance au bord de nos propres personnes, en déséquilibre. Que suis-je en train de déchiffrer au centimètre près sur la peau flétrie de ma mère ? Bientôt je serai lâchée à mon tour par mon capital de fraîcheur : son précieux usufruit m'en sera retiré malgré mes résistances. Par quel côté attaque la vieillesse ? en haut ? en bas ? devant ? derrière ? s'agit-il des poils ou des os ? des organes ? des muscles ? des sens ? un ramollissement des réflexes moteurs ? un besoin de plus en plus justifié d'immobilisme ? Constance s'écrie avec solennité :

« Rends-toi compte de nos *manques.* Nous n'aurons jamais l'audace de prendre le train pour Saint-Nom-la-Bretèche... »

Soufflante, ma mère ! Que vient faire ici Saint-Nom-la-Bretèche ?

« Parce que c'est beau, griffu, provocant, sinistre, aussi brûlant qu'une éraflure. » (Le lyrisme entre en scène.)

Elle est pliée en deux de rire. Des larmes de détresse me viennent. Totale incompréhension consanguine qui se comprend trop bien pour être honnête. J'ai mal. Par chance, elle a mal aussi.

Elle a ramassé la chienne et « Ne me lèche pas comme ça, gémit-elle, tu vas gâcher mon maquillage, heureusement que je t'ai, toi au moins tu m'approuves » avant d'éclater en sanglots et relâcher l'animal.

En rentrant de l'école je me jetais dans ses

bras pour la couvrir de caresses. Elle s'évanouissait à demi sous mes mains et ma bouche, oh Temps ne suspends pas ton vol, prenons à rebours le vers plat du poète non maudit qu'on nous serinait en classe.

Elle émet un soupir filé gracieux dont la juvénilité m'émerveille. Ce serait bon d'inverser les rapports. Nous serions les parents de nos rejetons, cela décuplerait nos existences. Le complot de la Sacro-Sainte Intrigue Sexuelle serait déjoué. Sacquées, les lois d'enfer de la Reproduction. Libres, libres, nous serions libres. N'est-ce pas, Constance, mon bébé ?

Voui, fait-elle.

Notre duplicité ne connaît plus de bornes. Sachons refuser surtout les rails de l'agressivité, toboggan naturel, bolide lancé d'un bord à l'autre de ses parois de glace. Le vaudeville des deux méchantes a suffisamment duré, il faut en sortir, être douces, moelleuses, c'est-à-dire ordinaires. Cependant je m'autorise une remarque en sourdine : c'est toi, Constance, qui es revenue sur la mort de John alors que tu assurais selon tes propres termes « ne pas en faire un plat ». Grossier. Négligeable. Accepte, je te le demande, l'horreur de tes contradictions. Voyons ça d'un peu près.

Le suicide est impuissant à gommer le visage du jeune homme, sa voix, ses attitudes. Le suicide agit comme un acide : il rend la mort mille fois plus vivante que la vie elle-même. Le jeune homme nous questionne et nous force interminablement à répondre malgré nos réticences. Est-ce assez clair ? Ou bien juges-tu mon propos d'une abstraction grotesque ? Tant pis, tu as peut-être raison de faire la moue. N'empêche, il est trop tard pour nous retourner vers nos sources fluides. Malgré nos efforts tenaces, nous avons dansé après avoir endossé une livrée de Carême. La tienne est plus brillante pour un motif tout simple : tu peux dire à quelqu'un (qui se trouve être mon père) *mon amour.* C'est fou ça, non ? Car de mon côté il n'y a pas de *mon amour.* Je suis clouée au centre d'un désert, lieu tournant d'une action unique : un gigantesque horizon de suicide. Nos vies et nos fins sont un seul corps d'effacement prématuré, chacun l'a voulu sans le savoir.

Après avoir enregistré chaque terme de ma pensée sonore, ma compagne affirme avec aplomb que rien n'est encore perdu pour moi. Il n'est pas exclu qu'un jour — proche ou lointain, cela n'a pas d'importance — me soit accordé le privilège de songer *mon amour* en regardant quelqu'un droit dans les yeux.

Il n'y a pas à discuter : nous sommes sublimes. La mère et la fille sont l'auteur d'un axiome universel à deux branches. Nous avons su nous repérer au fond des ténèbres caressantes de cette fin de journée.

Nous sommes aimantées par un instinct d'animal solitaire n'ayant plus rien à perdre, plus rien à gagner. Nous nous sommes donné l'accolade sans compromettre nos autonomies rageuses.

Nous sommes repues. Nous nous aimons.

Nous abordons la dernière place qui nous sépare encore de nos domiciles respectifs. Nous nous aimons.

La grosse horloge à triple cadran, plantée sur le terre-plein central, va marquer minuit.

22

Constance raccroche

En effet. Noires, massives, démodées, les deux aiguilles vont se confondre avant de se détacher par secousses rythmées imperceptibles : la plus longue porte la responsabilité de la rupture : elle est jeune et fine, alerte et sans scrupule, la perspective d'abandonner l'aiguille courte et ronde ne lui pose aucun problème. Elle a déjà décollé. Elle est la fille de l'aiguille chargée de marquer les heures. La mère-aiguille aurait beau souhaiter retenir l'ombre de son enfant, rien à faire, leur séparation est irrésistible, irréversible, fatale, irrémédiable.

Shadow le sait aussi. Comme moi, elle voit sur le cadran la même interprétation d'un temps double (maternel et filial) glisser et se déchirer, glisser encore, glisser toujours. Si j'étais une femme simple, je mettrais un baiser sur son joli front. Mais je ne suis pas simple, il est trop tard pour que je le devienne.

J'ai pensé « devienne ». Mot plutôt comique

étant donné qu'il n'y a plus de *devenir* pour moi. Jusqu'à la mort de mon fils, j'ai cru que rien ne saurait me priver de mon *devenir*. Pourtant celui-ci s'est amenuisé par la suite avant de disparaître tout à fait.

J'en ai pris conscience il y a peu. Cela m'a fait un choc. D'abord j'ai cru bon de répondre à cette révélation désagréable par la ruse. Faire comme si le porche de mon futur restait grand ouvert. Je jouirais encore d'une foule de saisons scintillantes : sommeils auprès de Ralph, robes neuves et bijoux, séances chez le coiffeur, gadgets à dénicher pour embellir mon intérieur, dîners gourmands avec Shadow. Et pendant plusieurs siècles encore. Le lifting opéré sur mon visage est en fait un ultime sursaut défensif. Mon *devenir* resterait le maître de mes mouvements, plaisirs et tracas mêlés. En somme, les douleurs n'ont pas plus de relief que les joies. Voilà pourquoi nous savons rire et pleurer en croyant à l'inaltérable splendeur de nos vies. Shadow serait ahurie par ce raisonnement.

Avec indulgence elle répond qu'elle n'est pas du tout ahurie.

Donc nous avons réussi notre coup de communication. Est-il décisif? ou bien ira-t-il se ranger dans la région sinistrée de nos mémoires qui n'ont pas su retenir des masses de beaux ébranlements? Aussi je crains fort que notre numéro de vases communicants ait déjà perdu son authenticité.

Nous sommes d'accord, saisies par une mollesse de nostalgie telle que, sans façon, nous nous asseyons au bord du trottoir. Comme le clochard de tout à l'heure, nous avons droit au repos. Nous remportons le titre de vagabondes du siècle. Nous nous sommes comportées en acrobates. Cela mérite admiration et respect. De la part de tout le monde et de personne : nous nous suffisons. Maintenant que nous sommes enfin deux femmes lucides et déterminées, nous sommes prêtes à remonter les marches du temps, c'est-à-dire attaquer en force les joyaux de la vie.

Elle est superbe, ma fille. J'en suis fière. Par pudeur offusquée elle se détourne. Puis se redresse avec agilité tout en m'aidant à décoller de notre trottoir. Ses cheveux argentés brillent sous le lampadaire. J'aurais aimé que nous soyions deux mouettes au lieu d'être encombrées par un corps épais. Cela permettrait de fuir. Je lui appuie les épaules au tronc d'un arbre.

« Si nous filions ensemble ? dis-je.

— Où ?

— Droit devant nous, à l'aventure... »

Elle ravale avec effort un léger sanglot.

« Prouvons que la mère et la fille sont capables de s'arracher au rang des damnés. Justin et John nous ont donné l'exemple. Sans bagages, regrets, scrupules idiots, ils ont décidé un jour de ne plus jamais regarder derrière eux... Serions-nous moins audacieuses ? »

Elle est tentée mais elle craint que je ne l'emprisonne dans un filet rêvé.

« Nous changerions de peau, de cervelle, de désirs. »

Nous avons repris notre marche. On pourrait nous prendre pour deux folles en rupture d'asile, deux séraphins en transes.

« Nous nous arrêterions en Extrême-Orient, dans un port de luxe. Belles et jeunes comme nous le sommes il serait facile de trouver un emploi de call-girl haut de gamme en raison de notre intelligence, notre gaieté, notre distinction. Les clients fascinés mettraient leur fortune à nos pieds. Nous occuperions une suite dans un palace, une porte de communication séparera ta chambre de la mienne. Après nos séances de travail nous nous rejoindrons au salon sans nous rhabiller. Je verrai tes seins restés purs de n'avoir jamais allaité, tu verras mon corps alourdi mais toujours appétissant (une mère et sa fille ne devraient jamais se rencontrer autrement que nues). Plus d'écart de générations. Nous avons chassé l'homme de notre Paradis. »

Elle m'interrompt par une remarque judicieuse : mon topo est passé du conditionnel (le rêve) au futur (la réalité). Oh conjugaisons scolaires dont les déclinaisons hypocrites me faisaient si mal autrefois ! La gymnastique sournoise des verbes perpétue les débâcles du Temps, prémonitoirement saisi par la mort. Je vais, j'irai, j'allais, j'irais, j'allai, je suis allé, j'étais allé, je serais allé : dérivés aussi farceurs que répugnants qui imposent les tortures du mouvement. En avant, en arrière, debout, stimulés, nivelés. Nous devinons leurs pièges : conjuguez, mes enfants, soyez sages, la jonglerie des verbes est là pour mieux vous clouer dans les coulisses du théâtre universel.

Choquée, Shadow. Elle m'a lâché le bras. Je lui caresse la nuque. Et la voilà qui rapproche son visage du mien au point que nous pénétrons presque dans les yeux de l'autre dont l'espace doit être analysé. S'agit-il d'un double désert de sombre aridité, celle du malheur? La crainte ne dure que trois secondes. Au contraire s'ouvre un paysage arrosé de bonnes larmes, bouleversé de chagrins libérateurs. Nos voix se mêlent, non plus écoutées du dehors mais du dedans, oh maman, gémit l'une, oh ma fille, dit l'autre : enlacées elles remontent les parois de *notre* crâne car il n'y en a plus qu'un. Économie d'os, de nerfs, de forme et de fond. Le reste des corps, superflu, commence à tituber. Le *nous* de la mère et de la fille s'arrête sous un porche qui doit être le mien, mais j'ai peine à le reconnaître. Un seul cœur bat dans notre poitrine.

« J'aimerais te dire *vous*, ma fille », fait l'une

des voix dont je ne suis pas sûre qu'elle est la mienne.

Celle de Shadow donne son approbation.

La fusion des deux en une a cessé d'être effrayante. Au contraire elle apaise en effaçant les derniers reliefs.

« Êtes-vous fatiguée ? demande celle qui n'est pas moi.

— Oui. Et vous ?

— Oui. Vous allez vous coucher tout de suite ?

— Sûrement. » (Mon petit rire nerveux.) « Je raconterai notre bon dîner à votre père. » (Son petit rire nerveux.)

Puis avec naturel nous regagnons l'abri de nos individualités. Nos joues sont sèches. Les yeux de Shadow sont pleins d'éclairs d'un gris doré.

« Merci mille fois pour la soirée, dit-elle encore en caressant Pillow avec une discrétion un peu froide.

— C'est à moi de vous dire merci, mon enfant. »

Shadow a poussé le bouton d'ouverture du porche (il s'agit bien de mon chez-moi) et demande si je crains le noir du vestibule, si j'ai besoin ou non d'être accompagnée jusqu'à l'ascenseur. Peur, moi ? Voyons !

Nous avons marché avec l'héroïsme d'un bataillon regagnant sa caserne après des siècles de manœuvres périlleuses : gouffres, glaciers, torrents, sommets, personne avant nous n'avait osé les attaquer. Elle est d'accord. Le mot *accord* rebondit d'elle à moi comme une balle de tennis. Accord-écho de nos personnes au fond du moelleux de la nuit. Le jour, convention aberrante et malentendu, ne devrait pas exister, le soleil jamais se lever. Si Shadow et moi sommes restées aussi fortes que nous le prétendons, nous aurions le génie de maîtriser un crépuscule sans rémission. Vive l'obscurité, criminelle suave massacrant en toute impunité les mensonges et les doutes, les lâchetés et les trahisons, les séductions du secret, les tentatives d'évasion condamnées d'avance aux pourrissements, aux ratages de l'amour, à ses jalousies sensuelles. À bas les chagrins, les terreurs, le goût du meurtre, les compétitions, les duels narcissiques, les solitudes amères, les désastres de la bonté, les perversions du sacrifice, les ambitions caduques, la pesée des cauchemars. En bref : vive la nuit.

Elle m'effleure d'un baiser de fraîcheur à peine humide.

Au cinquième étage les fenêtres du salon sont encore éclairées, ce qui signifie que mon éternel non-mari a décidé de m'attendre au lieu de se coucher tôt comme d'habitude. Il est inquiet et furieux en douceur parce que je rentre aussi tard, sans doute regarde-t-il la télévision qu'il ne voit pas. Ses vieilles mains tachées de roux sont crispées sur les accoudoirs du fauteuil. Est-ce que je l'aime encore ? ou bien ma passion d'il y a cinquante ans s'est-elle muée en détestation ? D'ailleurs ce ne serait pas lui que je détesterais mais l'Homme.

Ce soir est un aveu. Tout en nous taisant sur l'Homme envahisseur et conquérant, Shadow et moi avons assuré notre clan défensif et sa rieuse entreprise de démolition. Nos armes de combattantes : un restaurant plein de cent petites voluptés souvent burlesques, jamais méchantes. Nous avons bien mangé, bien bu, bien bavardé, bien ri. Nous avons pensé tour à tour ensemble et séparément. Oh Ralph, mon adversaire bien-aimé qui m'a tout donné sans jamais rien réclamer en échange, j'arrive, j'arrive et je suis heureuse !

À la réflexion, je suis une sorte de monstre supérieur : j'en ai mérité le statut. Parce que Dieu, en choisissant des élus performants, m'accorde cette distinction suprême. Le nombre des décorations étant limité, il agit en maître économe face à la foule des candidats aspirants. Ne pas récompenser à tort et à travers, se dit Dieu, gardons une intransigeance de fer, étudions un programme au sommet ! Le fait est là : il ne commet jamais la moindre erreur de jugement, il a su rester sage et droit. Merci, Dieu.

Si le Monstre que je suis rapporte ce soir à la maison ne fût-ce qu'un atome de plénitude et de justice, la fête de l'Ascension y joue un rôle capital : elle m'a donné l'occasion d'exercer mes sens comme jamais encore cela ne m'est arrivé. Les mots, les faits, les choses ont mis du temps à surgir du fond de nos effroyables ténèbres.

Ma petite Shadow est également un Monstre. Décorée, disons, en qualité de Commandeur de l'Ordre. Elle est aussi méritante que moi. D'où la translucidité chaude lui baignant le front, les joues, les poignets, le cou.

Je n'en reviens pas d'avoir mis bas un exemplaire aussi parfait.

Soyons pointilleuse : « mettre bas » et non « accoucher », terme vulgaire et faux.

Merci, Dieu.

Le rire frais de Shadow me rappelle ses jeux d'autrefois près de John : ils restaient enfermés dans leur chambre pendant des heures, bavardant à voix basse. Je donnais du poing contre la porte au verrou tiré, folle de curiosité jalouse. « Ouvrez ! » hurlais-je. Leur silence me plongeait dans un état de détresse étrange. Si mes deux petits l'avaient devinée ils auraient été bouleversés. Mais ils ne savaient pas, ils ne pouvaient pas savoir, et moi non plus je ne savais pas.

Cécité des familles.

Ne nous plaignons pas : s'il n'y avait pas de cécité, il n'y aurait pas de famille.

J'ai dû parler distinctement.

« Oui », reprend-elle en écho tremblé.

Il serait juste de lui laisser de nouveau son tour de parole. Je n'y tiens pas. J'aime assez que subsiste entre nous un décalage de ton et de contour. Il est bon que la mère maintienne la fille sur un plan rigoureux d'infériorité, même infime. Ainsi mon intuition, une fois de plus, ne m'aurait pas trompée : Shadow m'a cédé sur toute la ligne. Shadow est mon serviteur.

À moins que son « Oui » soit de sa part une esquive nouvelle. Peu probable, j'en jurerais.

Elle est devenue ma vieille enfant au cours de ces dernières heures, une enfant à peine plus vieille que moi. Elle n'a pas connu d'amour assez convaincant pour l'engager à procréer. Trop tard. Elle n'a pas osé. Aussi occupe-t-elle une position d'isolement fragilisé en face de moi. Je suis une reine mère. La coulée du Temps s'est figée à mon niveau (les descendants de John ne comptent pas, ils sont nuls et non avenus). L'animal de pouvoir nommé Constance A. garde les rênes du gouvernement. Tais-toi, ma fille, c'est à moi de conclure.

Cécité des familles.

John n'a jamais été mon rival. À l'intérieur de l'affreuse petite mort qu'il s'est infligée par manque d'audace, il s'est pétrifié, monument accidentel au milieu d'un désert. Ce qui m'autorise à déclarer que son suicide est moins grave qu'on ne croit.

Vive le suicide, murmure à mon oreille le vent poudreux de ses cendres, rafales douces descendues du Nord. Ma fille semble désapprouver. Aurait-elle aussi la prétention de m'asservir ? Pourquoi pas après tout. Ce serait bien. Ce sera bien. Comique, ample, facile et plus secret. Rassurant.

Bizarrerie de n'être qu'une femme. La légende affirme que le péché originel aurait été commis par notre pauvre petite Ève. Un mensonge de plus à notre patrimoine. Légende hypocrite à mon sens : elle camoufle cruellement, savoureusement, une vérité dont personne ne voulait, Dieu lui-même l'a refusée. Pour éviter les problèmes, il a joué de sa volonté grandiose en laissant la faute reposer sur Ève, délicieuse innocente ! Son parti pris lui permet aujourd'hui encore de mener à bon port de mesquins trafics.

La réalité réelle est la suivante :

c'est le bonhomme Adam que provoquait en direct le serpent. Le bonhomme Adam, tenté, tremblait de tous ses membres. Ève son épouse, pressentant le danger, criait « Non, non » à la minute où il a tendu le bras vers l'arbre : elle voulait l'empêcher de cueillir la pomme. Mais il était bien décidé à ne pas l'écouter. Il a mangé la pomme en riant, et il tenait la femme sous l'éclair de son regard. Elle pleurait tandis qu'il digérait tranquillement le fruit de discorde et de turbulences. Le châtiment ne s'est pas fait attendre : chassé d'un Paradis prétendu terrestre, l'homme s'est déchargé sur sa frêle petite compagne, chut, ni vu ni connu. Ève, secouée de sanglots, le suivait en braillant son innocence. L'innocence ne paie pas. « Boucle-la », grognait l'Adam, et d'un coup de poing il lui a fendu les lèvres. (C'est pour cette raison qu'elle saigne chaque mois, rappel physiologique du scandale originel.) Dieu assistait à la scène et s'en lavait les mains. Il riait, lui aussi. Un peu plus tard — mais il était trop tard — il a voulu rétablir la justice, soutenir la race des femmes qui se révoltaient au nom de leur premier modèle. Frappé par le remords, il ne s'en est jamais remis.

Shadow admet. Elle est toute blanche, souple, abandonnée.

Veux-tu maintenant que je te dise pourquoi l'Ascension est *notre fête*? Eh bien le Christ nous emmène avec lui dans son voyage vers là-haut, bien calées au creux de son bras. Oui, elle veut bien, ma fille. Nous avons la sensation presque physique de nous élever tout en nous étreignant avec force. Notre ascension privée n'implique nullement la légèreté des formes et la disponibilité des âmes. Tout au contraire, nous nous détachons du sol avec difficulté. Écrasées par une masse de responsabilités inexplicables, un nuage artificiel énergétique et malfaisant oblige nos têtes à s'incliner. Nous ne pouvons opposer à cet effrayant nuage mental que nos minces personnages de comédie interprétant le mieux possible un rôle de délivrance.

Le ciel est lourd, ma fille, aussi lourd que l'humanité tout entière depuis ses origines. Crois-tu que nous réussirons à l'atteindre ?

Shadow Memory vient de poser les mains sur mes épaules. Son « Au revoir » est suffisamment discret pour ne pas troubler le sommeil de la rue, celle-ci ignorant tout de notre état de lévitation elliptique.

« Dis à papa que je l'embrasse, merci encore pour ce bon dîner. »

La phrase, d'un formalisme banal, ne coupe en rien mon élan. Seule, je continue à gravir mes échelons tournants invisibles, mes rayons imaginaires.

Shadow Memory, toujours clouée au sol, est mon unique témoin.

Assez. Pas le moment de céder au pathos. Je m'en voudrais à mort. (Je me borne à mettre un baiser entre les oreilles de la petite chienne.)

Cécité des familles.

Il est évident que cette phrase trop souvent répétée assomme Shadow qui la juge inexacte et prétentieuse. Suis-je déjà perdue dans la profondeur d'un espace intersidéral ? Possible. Ma fille a beau me faire face encore, elle n'est plus là : nous avons beau nous parler encore, nous n'avons plus les moyens de nous toucher, chacune étant repliée dans son vide individuel.

Shadow. Jamais elle n'a aussi parfaitement adhéré à son prénom.

Avec tendresse, elle resserre autour de mon cou les plis du manteau avant de s'écarter à reculons, sortir du rond lumineux du lampadaire, descendre du trottoir, traverser la rue. Elle a plongé dans le mur de l'ombre. Elle a cessé d'être mon enfant pour devenir une ombre à l'intérieur de l'ombre.

Va-t-elle se retourner pour m'envoyer un dernier signe ?

Shadow ne se retourne jamais. J'entends ses pas résonner tout en s'éloignant, étoffés bientôt puis étouffés par les épaisseurs nocturnes.

Désormais, qu'a-t-elle l'intention de faire de sa mère ?

DU MÊME AUTEUR

Aux Éditions Gallimard

L'ÉPOUVANTAIL, *comédie dramatique, 1957.*

TRENTE ANS D'AMOUR FOU, *roman, 1988.*

VINGT CHAMBRES D'HÔTEL, *1990.*

LES MARAIS, *roman, 1991.*

DEUX FEMMES UN SOIR, *roman, 1992.*

LE JARDIN D'AGRÉMENT, *roman, 1994.*

TRAIN DE RÊVES, *1994.*

Chez d'autres éditeurs

LES MARAIS, *Seuil, 1942.*

ANNE LA BIEN-AIMÉE, *Denoël, 1944.*

LES DEUX SŒURS, *Seuil, 1946.*

MOI QUI NE SUIS QU'AMOUR, *Denoël, 1948.*

L'OMBRE SUIT LE CORPS, *Seuil, 1950.*

LES ENFANTS PERDUS, *nouvelles, Denoël, 1952.*

LE SOUFFLE, *Seuil, 1952.*

LE GARDIEN, *Denoël, 1955.*

ARTÉMIS, *Denoël, 1958.*

LE LIT, *Denoël, 1960.*

LE FOR INTÉRIEUR, *Denoël, 1963.*

LA MAISON LA FORÊT, *Denoël, 1965.*

MAINTENANT, *Denoël, 1967.*

LE CORPS, *Denoël, 1969.*

LES ÉCLAIRS, *Denoël, 1971.*

LETTRE AU VIEIL HOMME, *Denoël, 1973.*

DEUX, *Denoël, 1975.*

DULLE GRIET, *Denoël, 1977.*

L'ENRAGÉ, *Ramsay, 1978.*

L'INFINI CHEZ SOI, *Denoël, 1980.*

LE GÂTEAU DES MORTS, *Denoël, 1982.*

LA VOYAGEUSE, *Denoël, 1984.*

L'ENFANT-ROI, *Denoël, 1986.*

BRUGES LA VIVE, *récit, Ramsay de Cortanze, 1990.*

UN CONVOI D'OR DANS LE VACARME DU TEMPS, *essai, Ramsay de Cortanze, 1991.*

LES GÉRANIUMS, *textes anciens, La Différence, 1993.*

COLLECTION FOLIO

Dernières parutions

2311.	Naguib Mahfouz	*Dérives sur le Nil.*
2312.	Nijinsky	*Journal.*
2313.	Jorge Amado	*Les terres du bout du monde.*
2314.	Jorge Amado	*Suor.*
2315.	Hector Bianciotti	*Seules les larmes seront comptées.*
2316.	Sylvie Germain	*Jours de colère.*
2317.	Pierre Magnan	*L'amant du poivre d'âne.*
2318.	Jim Thompson	*Un chouette petit lot.*
2319.	Pierre Bourgeade	*L'empire des livres.*
2320.	Émile Zola	*La Faute de l'abbé Mouret.*
2321.	Serge Gainsbourg	*Mon propre rôle, 1.*
2322.	Serge Gainsbourg	*Mon propre rôle, 2.*
2323.	Thomas Bernhard	*Le neveu de Wittgenstein.*
2324.	Daniel Boulanger	*Mes coquins.*
2326.	Didier Daeninckx	*Le facteur fatal.*
2327.	Jean Delay	*Avant Mémoire I.*
2328.	Romain Gary	*Adieu Gary Cooper.*
2329.	Alfred de Vigny	*Servitude et grandeur militaires.*
2330.	Patrick Modiano	*Voyage de noces.*
2331.	Pierre Moinot	*Armes et bagages.*
2332.	J.-B. Pontalis	*Loin.*
2333.	John Steinbeck	*La coupe d'or.*
2334.	Gisèle Halimi	*La cause des femmes.*
2335.	Khalil Gibran	*Le Prophète.*
2336.	Boileau-Narcejac	*Le bonsaï.*
2337.	Frédéric H. Fajardie	*Un homme en harmonie.*
2338.	Michel Mohrt	*Le télésiège.*

2339. Vladimir Nabokov — *Pnine.*
2340. Vladimir Nabokov — *Le don.*
2341. Carlos Onetti — *Les bas-fonds du rêve.*
2342. Daniel Pennac — *La petite marchande de prose.*
2343. Guy Rachet — *Le soleil de la Perse.*
2344. George Steiner — *Anno Domini.*
2345. Mario Vargas Llosa — *L'homme qui parle.*
2347. Voltaire — *Zadig* et autres contes.
2348. Régis Debray — *Les masques.*
2349. Diane Johnson — *Dashiell Hammett : une vie.*
2350. Yachar Kemal — *Tourterelle, ma tourterelle.*
2351. Julia Kristeva — *Les Samouraïs.*
2352. Pierre Magnan — *Le mystère de Séraphin Monge.*
2353. Mouloud Mammeri — *La colline oubliée.*
2354. Francis Ryck — *Mourir avec moi.*
2355. John Saul — *L'ennemi du bien.*
2356. Jean-Loup Trassard — *Campagnes de Russie.*
2357. Francis Walder — *Saint-Germain ou la négociation.*
2358. Voltaire — *Candide* et autres contes.
2359. Robert Mallet — *Région inhabitée.*
2360. Oscar Wilde — *Le Portrait de Dorian Gray.*
2361. René Frégni — *Les chemins noirs.*
2362. Patrick Besson — *Les petits maux d'amour.*
2363. Henri Bosco — *Antonin.*
2364. Paule Constant — *White spirit.*
2365. Pierre Gamarra — *Cantilène occitane.*
2367. Tony Hillerman — *Le peuple de l'ombre.*
2368. Yukio Mishima — *Le temple de l'aube (La mer de la fertilité,* III*).*
2369. François Salvaing — *De purs désastres.*
2370. Sempé — *Par avion.*
2371. Jim Thompson — *Éliminatoires.*
2372. John Updike — *Rabbit rattrapé.*
2373. Michel Déon — *Un souvenir.*
2374. Jean Diwo — *Les violons du roi.*
2375. David Goodis — *Tirez sur le pianiste !*
2376. Alexandre Jardin — *Fanfan.*

2377. Joseph Kessel — *Les captifs.*
2378. Gabriel Matzneff — *Mes amours décomposés (Journal 1983-1984).*
2379. Pa Kin — *La pagode de la longévité.*
2380. Robert Walser — *Les enfants Tanner.*
2381. Maurice Zolotow — *Marilyn Monroe.*
2382. Adolfo Bioy Casares — *Dormir au soleil.*
2383. Jeanne Bourin — *Les Pérégrines.*
2384. Jean-Denis Bredin — *Un enfant sage.*
2385. Jerome Charyn — *Kermesse à Manhattan.*
2386. Jean-François Deniau — *La mer est ronde.*
2387. Ernest Hemingway — *L'été dangereux (Chroniques).*
2388. Claude Roy — *La fleur du temps (1983-1987).*
2389. Philippe Labro — *Le petit garçon.*
2390. Iris Murdoch — *La mer, la mer.*
2391. Jacques Brenner — *Daniel ou la double rupture.*
2392. T.E. Lawrence — *Les sept piliers de la sagesse.*
2393. Pierre Loti — *Le Roman d'un spahi.*
2394. Pierre Louÿs — *Aphrodite.*
2395. Karen Blixen — *Lettres d'Afrique, 1914-1931.*
2396. Daniel Boulanger — *Jules Bouc.*
2397. Didier Decoin — *Meurtre à l'anglaise.*
2398. Florence Delay — *Etxemendi.*
2399. Richard Jorif — *Les persistants lilas.*
2400. Naguib Mahfouz — *La chanson des gueux.*
2401. Norman Mailer — *Morceaux de bravoure.*
2402. Marie Nimier — *Anatomie d'un chœur.*
2403. Reiser/Coluche — *Y'en aura pour tout le monde.*
2404. Ovide — *Les Métamorphoses.*
2405. Mario Vargas Llosa — *Éloge de la marâtre.*
2406. Zoé Oldenbourg — *Déguisements.*
2407. Joseph Conrad — *Nostromo.*
2408. Guy de Maupassant — *Sur l'eau.*
2409. Ingmar Bergman — *Scènes de la vie conjugale.*
2410. Italo Calvino — *Leçons américaines (Aide-mémoire pour le prochain millénaire).*
2411. Maryse Condé — *Traversée de la Mangrove.*
2412. Réjean Ducharme — *Dévadé.*

2413.	Pierrette Fleutiaux	*Nous sommes éternels.*
2414.	Auguste Le Breton	*Du rififi chez les hommes.*
2415.	Herbert Lottman	*Colette.*
2416.	Louis Oury	*Rouget le braconnier.*
2417.	Angelo Rinaldi	*La confession dans les collines.*
2418.	Marguerite Duras	*L'amour.*
2419.	Jean-Jacques Rousseau	*Julie ou la Nouvelle Héloïse, I.*
2420.	Jean-Jacques Rousseau	*Julie ou la Nouvelle Héloïse, II.*
2421.	Claude Brami	*Parfums des étés perdus.*
2422.	Marie Didier	*Contre-visite.*
2423.	Louis Guilloux	*Salido* suivi de *O.K., Joe !*
2424.	Hervé Jaouen	*Hôpital souterrain.*
2425.	Lanza del Vasto	*Judas.*
2426.	Yukio Mishima	*L'ange en décomposition (La mer de la fertilité,* IV).
2427.	Vladimir Nabokov	*Regarde, regarde les arlequins !*
2428.	Jean-Noël Pancrazi	*Les quartiers d'hiver.*
2429.	François Sureau	*L'infortune.*
2430.	Daniel Boulanger	*Un arbre dans Babylone.*
2431.	Anatole France	*Le Lys rouge.*
2432.	James Joyce	*Portrait de l'artiste en jeune homme.*
2433.	Stendhal	*Vie de Rossini.*
2434.	Albert Cohen	*Carnets 1978.*
2435.	Julio Cortázar	*Cronopes et Fameux.*
2436.	Jean d'Ormesson	*Histoire du Juif errant.*
2437.	Philippe Djian	*Lent dehors.*
2438.	Peter Handke	*Le colporteur.*
2439.	James Joyce	*Dublinois.*
2441.	Jean Tardieu	*La comédie du drame.*
2442.	Don Tracy	*La bête qui sommeille.*
2443.	Bussy-Rabutin	*Histoire amoureuse des Gaules.*
2444.	François-Marie Banier	*Les résidences secondaires.*
2445.	Thomas Bernhard	*Le naufragé.*
2446.	Pierre Bourgeade	*L'armoire.*
2447.	Milan Kundera	*L'immortalité.*
2448.	Pierre Magnan	*Pour saluer Giono.*

2449.	Vladimir Nabokov	*Machenka.*
2450.	Guy Rachet	*Les 12 travaux d'Hercule.*
2451.	Reiser	*La famille Oboulot en vacances.*
2452.	Gonzalo Torrente Ballester	*L'île des jacinthes coupées.*
2453.	Jacques Tournier	*Jeanne de Luynes, comtesse de Verue.*
2454.	Mikhaïl Boulgakov	*Le roman de monsieur de Molière.*
2455.	Jacques Almira	*Le bal de la guerre.*
2456.	René Depestre	*Éros dans un train chinois.*
2457.	Réjean Ducharme	*Le nez qui voque.*
2458.	Jack Kerouac	*Satori à Paris.*
2459.	Pierre Mac Orlan	*Le camp Domineau.*
2460.	Naguib Mahfouz	*Miramar.*
2461.	Patrick Mosconi	*Louise Brooks est morte.*
2462.	Arto Paasilinna	*Le lièvre de Vatanen.*
2463.	Philippe Sollers	*La Fête à Venise.*
2464.	Donald E. Westlake	*Pierre qui brûle.*
2465.	Saint Augustin	*Confessions.*
2466.	Christian Bobin	*Une petite robe de fête.*
2467.	Robin Cook	*Le soleil qui s'éteint.*
2468.	Roald Dahl	*L'homme au parapluie* et autres nouvelles.
2469.	Marguerite Duras	*La douleur.*
2470.	Michel Foucault	*Herculine Barbin dite Alexina B.*
2471.	Carlos Fuentes	*Christophe et son œuf.*
2472.	J.M.G. Le Clézio	*Onitsha.*
2473.	Lao She	*Gens de Pékin.*
2474.	David McNeil	*Lettres à Mademoiselle Blumenfeld.*
2475.	Gilbert Sinoué	*L'Égyptienne.*
2476.	John Updike	*Rabbit est riche.*
2477.	Émile Zola	*Le Docteur Pascal.*
2478.	Boileau-Narcejac	*...Et mon tout est un homme.*
2479.	Nina Bouraoui	*La voyeuse interdite.*
2480.	William Faulkner	*Requiem pour une nonne.*

2482. Peter Handke — *L'absence.*
2483. Hervé Jaouen — *Connemara Queen.*
2484. Ed McBain — *Le sonneur.*
2485. Susan Minot — *Mouflets.*
2486. Guy Rachet — *Le signe du taureau (La vie de César Borgia).*
2487. Isaac Bashevis Singer — *Le petit monde de la rue Krochmalna.*
2488. Rudyard Kipling — *Kim.*
2489. Michel Déon — *Les trompeuses espérances.*
2490. David Goodis — *Le casse.*
2491. Sébastien Japrisot — *Un long dimanche de fiançailles.*
2492. Yukio Mishima — *Le soleil et l'acier.*
2493. Vladimir Nabokov — *La Vénitienne* et autres nouvelles.
2494. François Salvaing — *Une vie de rechange.*
2495. Josyane Savigneau — *Marguerite Yourcenar (L'invention d'une vie).*
2496. Jacques Sternberg — *Histoires à dormir sans vous.*
2497. Marguerite Yourcenar — *Mishima ou la vision du vide.*
2498. Villiers de L'Isle-Adam — *L'Ève future.*
2499. D. H. Lawrence — *L'Amant de Lady Chatterley.*
2500. Collectif — *Mémoires d'Europe I.*
2501. Collectif — *Mémoires d'Europe II.*
2502. Collectif — *Mémoires d'Europe III.*
2503. Didier Daeninckx — *Le géant inachevé.*
2504. Éric Ollivier — *L'escalier des heures glissantes.*
2505. Julian Barnes — *Avant moi.*
2506. Daniel Boulanger — *La confession d'Omer.*
2507. Nicolas Bréhal — *Sonate au clair de lune.*
2508. Noëlle Châtelet — *La courte échelle.*
2509. Marguerite Duras — *L'Amant de la Chine du Nord.*
2510. Sylvie Germain — *L'Enfant Méduse.*
2511. Yasushi Inoué — *Shirobamba.*
2512. Rezvani — *La nuit transfigurée.*
2513. Boris Schreiber — *Le tournesol déchiré.*
2514. Anne Wiazemsky — *Marimé.*

2515. Francisco González Ledesma *Soldados.*
2516. Guy de Maupassant *Notre cœur.*
2518. Driss Chraïbi *L'inspecteur Ali.*
2519. Pietro Citati *Histoire qui fut heureuse, puis douloureuse et funeste.*
2520. Paule Constant *Le Grand Ghâpal.*
2521. Pierre Magnan *Les secrets de Laviolette.*
2522. Pierre Michon *Rimbaud le fils.*
2523. Michel Mohrt *Un soir, à Londres.*
2524. Francis Ryck *Le silencieux.*
2525. William Styron *Face aux ténèbres.*
2526. René Swennen *Le roman du linceul.*
2528. Jerome Charyn *Un bon flic.*
2529. Jean-Marie Laclavetine *En douceur.*
2530. Didier Daeninckx *Lumière noire.*
2531. Pierre Moinot *La descente du fleuve.*
2532. Vladimir Nabokov *La transparence des choses.*
2533. Pascal Quignard *Tous les matins du monde.*
2534. Alberto Savinio *Toute la vie.*
2535. Sempé *Luxe, calme & volupté.*
2537. Abraham B. Yehoshua *L'année des cinq saisons.*
2538. Marcel Proust *Les Plaisirs et les Jours* suivi de *L'Indifférent* et autres textes.
2539. Frédéric Vitoux *Cartes postales.*
2540. Tacite *Annales.*
2541. François Mauriac *Zabé.*
2542. Thomas Bernhard *Un enfant.*
2543. Lawrence Block *Huit millions de façons de mourir.*
2544. Jean Delay *Avant Mémoire (tome II).*
2545. Annie Ernaux *Passion simple.*
2546. Paul Fournel *Les petites filles respirent le même air que nous.*
2547. Georges Perec *53 jours.*
2548. Jean Renoir *Les cahiers du capitaine Georges.*
2549. Michel Schneider *Glenn Gould piano solo.*

2550.	Michel Tournier	*Le Tabor et le Sinaï.*
2551.	M. E. Saltykov-Chtchédrine	*Histoire d'une ville.*
2552.	Eugène Nicole	*Les larmes de pierre.*
2553.	Saint-Simon	*Mémoires II.*
2554.	Christian Bobin	*La part manquante.*
2555.	Boileau-Narcejac	*Les nocturnes.*
2556.	Alain Bosquet	*Le métier d'otage.*
2557.	Jeanne Bourin	*Les compagnons d'éternité.*
2558.	Didier Daeninckx	*Zapping.*
2559.	Gérard Delteil	*Le miroir de l'Inca.*
2560.	Joseph Kessel	*La vallée des rubis.*
2561.	Catherine Lépront	*Une rumeur.*
2562.	Arto Paasilinna	*Le meunier hurlant.*
2563.	Gilbert Sinoué	*La pourpre et l'olivier.*
2564.	François-Marie Banier	*Le passé composé.*
2565.	Gonzalo Torrente Ballester	*Le roi ébahi.*
2566.	Ray Bradbury	*Le fantôme d'Hollywood.*
2567.	Thierry Jonquet	*La Bête et la Belle.*
2568.	Marguerite Duras	*La pluie d'été.*
2569.	Roger Grenier	*Il te faudra quitter Florence.*
2570.	Yukio Mishima	*Les amours interdites.*
2571.	J.-B. Pontalis	*L'amour des commencements.*
2572.	Pascal Quignard	*La frontière.*
2573.	Antoine de Saint-Exupéry	*Écrits de guerre (1939-1944).*
2574.	Avraham B. Yehoshua	*L'amant.*
2575.	Denis Diderot	*Paradoxe sur le comédien.*
2576.	Anonyme	*La Châtelaine de Vergy.*
2577.	Honoré de Balzac	*Le Chef-d'œuvre inconnu.*
2578.	José Cabanis	*Saint-Simon l'admirable.*
2579.	Michel Déon	*Le prix de l'amour.*
2580.	Lawrence Durrell	*Le sourire du Tao.*
2581.	André Gide	*Amyntas.*
2582.	Hervé Guibert	*Mes parents.*
2583.	Nat Hentoff	*Le diable et son jazz.*
2584.	Pierre Mac Orlan	*Quartier Réservé.*
2585.	Pierre Magnan	*La naine.*

2586.	Naguib Mahfouz	*Chimères.*
2587.	Vladimir Nabokov	*Ada ou l'Ardeur.*
2588.	Daniel Boulanger	*Un été à la diable.*
2589.	Louis Calaferte	*La mécanique des femmes.*
2590.	Sylvie Germain	*La Pleurante des rues de Prague.*
2591.	Julian Gloag	*N'éveillez pas le chat qui dort.*
2592.	J.M.G. Le Clézio	*Étoile errante.*
2593.	Louis Malle	*Au revoir, les enfants.*
2595.	Jean-Bernard Pouy	*L'homme à l'oreille croquée.*
2596.	Reiser	*Jeanine.*
2597.	Jean Rhys	*Il ne faut pas tirer les oiseaux au repos.*
2598.	Isaac Bashevis Singer	*Gimpel le naïf.*
2599.	Andersen	*Contes.*
2600.	Jacques Almira	*Le Bar de la Mer.*
2602.	Dominique Bona	*Malika.*
2603.	John Dunning	*Les mécanos de la mort.*
2604.	Oriana Fallaci	*Inchallah.*
2605.	Sue Hubbell	*Une année à la campagne.*
2606.	Sébastien Japrisot	*Le passager de la pluie.*
2607.	Jack Kerouac	*Docteur Sax.*
2608.	Ruth Rendell/Helen Simpson	*Heures fatales.*
2609.	Tristan L'Hermite	*Le Page disgracié.*
2610.	Alexandre Dumas	*Les Trois Mousquetaires.*
2611.	John Updike	*La concubine de saint Augustin* et autres nouvelles.
2612.	John Updike	*Bech est de retour.*
2613.	John Updike	*Un mois de dimanches.*
2614.	Emmanuèle Bernheim	*Le cran d'arrêt.*
2615.	Tonino Benacquista	*La commedia des ratés.*
2616.	Tonino Benacquista	*Trois carrés rouges sur fond noir.*
2617.	Rachid Boudjedra	*FIS de la haine.*
2618.	Jean d'Ormesson	*La gloire de l'Empire.*
2619.	Léon Tolstoï	*Résurrection.*
2620.	Ingmar Bergman	*Cris et chuchotements* suivi de *Persona* et de *Le lien.*

2621.	Ingmar Bergman	*Les meilleures intentions.*
2622.	Nina Bouraoui	*Poing mort.*
2623.	Marguerite Duras	*La Vie matérielle.*
2624.	René Frégni	*Les nuits d'Alice.*
2625.	Pierre Gamarra	*Le maître d'école.*
2626.	Joseph Hansen	*Les ravages de la nuit.*
2627.	Félicien Marceau	*Les belles natures.*
2628.	Patrick Modiano	*Un cirque passe.*
2629.	Raymond Queneau	*Le vol d'Icare.*
2630.	Voltaire	*Dictionnaire philosophique.*
2631.	William Makepeace Thackeray	*La Foire aux Vanités.*
2632.	Julian Barnes	*Love, etc.*
2633.	Lisa Bresner	*Le sculpteur de femmes.*
2634.	Patrick Chamoiseau	*Texaco.*
2635.	Didier Daeninckx	*Play-back.*
2636.	René Fallet	*L'amour baroque.*
2637.	Paula Jacques	*Deborah et les anges dissipés.*
2638.	Charles Juliet	*L'inattendu.*
2639.	Michel Mohrt	*On liquide et on s'en va.*
2640.	Marie Nimier	*L'hypnotisme à la portée de tous.*
2641.	Henri Pourrat	*Bons, pauvres et mauvais diables.*
2642.	Jacques Syreigeol	*Miracle en Vendée.*
2643.	Virginia Woolf	*Mrs Dalloway.*
2645.	Jerome Charyn	*Elseneur.*
2646.	Sylvie Doizelet	*Chercher sa demeure.*
2647.	Hervé Guibert	*L'homme au chapeau rouge.*
2648.	Knut Hamsun	*Benoni.*
2649.	Knut Hamsun	*La dernière joie.*
2650.	Hermann Hesse	*Gertrude.*
2651.	William Hjortsberg	*Le sabbat dans Central Park.*
2652.	Alexandre Jardin	*Le Petit Sauvage.*
2653.	Philip Roth	*Patrimoine.*
2655.	Fédor Dostoïevski	*Les Frères Karamazov.*
2656.	Fédor Dostoïevski	*L'Idiot.*
2657.	Lewis Carroll	*Alice au pays des merveilles. De l'autre côté du miroir.*

2658.	Marcel Proust	*Le Côté de Guermantes.*
2659.	Honoré de Balzac	*Le Colonel Chabert.*
2660.	Léon Tolstoï	*Anna Karénine.*
2661.	Fédor Dostoïevski	*Crime et châtiment.*
2662.	Philippe Le Guillou	*La rumeur du soleil.*
2663.	Sempé-Goscinny	*Le petit Nicolas et les copains.*
2664.	Sempé-Goscinny	*Les vacances du petit Nicolas.*
2665.	Sempé-Goscinny	*Les récrés du petit Nicolas.*
2666.	Sempé-Goscinny	*Le petit Nicolas a des ennuis.*
2667.	Emmanuèle Bernheim	*Un couple.*
2668.	Richard Bohringer	*Le bord intime des rivières.*
2669.	Daniel Boulanger	*Ursacq.*
2670.	Louis Calaferte	*Droit de cité.*
2671.	Pierre Charras	*Marthe jusqu'au soir.*
2672.	Ya Ding	*Le Cercle du Petit Ciel.*
2673.	Joseph Hansen	*Les mouettes volent bas.*
2674.	Agustina Izquierdo	*L'amour pur.*
2675.	Agustina Izquierdo	*Un souvenir indécent.*
2676.	Jack Kerouac	*Visions de Gérard.*
2677.	Philippe Labro	*Quinze ans.*
2678.	Stéphane Mallarmé	*Lettres sur la poésie.*
2679.	Philippe Beaussant	*Le biographe.*
2680.	Christian Bobin	*Souveraineté du vide* suivi de *Lettres d'or.*
2681.	Christian Bobin	*Le Très-Bas.*
2682.	Frédéric Boyer	*Des choses idiotes et douces.*
2683.	Remo Forlani	*Valentin tout seul.*
2684.	Thierry Jonquet	*Mygale.*

Composition Interligne.
Impression B.C.I.
à Saint-Amand (Cher), le 3 février 1995.
Dépôt légal : février 1995.
Numéro d'imprimeur : 1/324.

ISBN 2-07-039275-9./Imprimé en France.

70262